となりの脳世界

村田沙耶香

朝日文庫

本書は二〇一八年十月、小社より刊行されたものです。
「その後の日々について」の章は文庫特別収録です。

まえがき

自分ではない誰かの脳を借りて、そこから見える世界を、のぞいてみたいなあと、いつも思っています。

たとえば、電車に乗ってぼんやりと座っているとき。ふと、隣の人はどんな光景を見ているのだろう、と考えます。

向かいに座っている男の人が広げている新聞を読んでいるのかもしれない。窓の外の雲を見て空想しているかもしれない。車掌さんの動きを観察してわくわくしているのかもしれない。

隣の人はどんな世界に住んでいるのだろう。同じ車両の中にいるのに、きっと違う光景を見ているのだろうなあ、といつも想像してしまいます。

人の脳の数だけ世界があることを考えると、なんて豊かで、奇妙で、素敵なんだろう、と胸が高鳴ります。誰もが、自分だけの奇妙で愛おしい脳を通して、世界を見ているということが、とても素晴らしいことに感じられるのです。

この本は、私がデビューしてから十五年間、あちこちで書いたエッセイを集めたものです。最初に自分で読み終えたとき、「あ、これが私の脳の世界だなあ」と思いました。

デビューした二十三歳のときから三十九歳になる最近まで、あちこちでいろんなことを書いてきました。ああ、これは私が見ている世界、生きてきた世界だなあ、としみじみしました。

私の脳の中はこんな世界です。そんな気持ちを込めて、本のタイトルを付けました。

脳を取り替えっこするような感じで、自分の住んでいる世界と比べたり、あの人は同じ光景をどんなふうに見るだろうと想像したりしながら読んでいただけたらいいなあ、という想いを込めたつもりです。

いつか、みなさんの脳の中も見せてもらいたいです。一つ一つ、全部違って、全部奇妙で、不思議で、素敵だろうと思うからです。

誰かの脳世界を覗くのは、一番身近なトリップだと思います。ちょっと隣の脳まで旅をするような気持ちで、読んでいただけたら、とてもうれしいです。

となりの脳世界　目次

好きなことについて

散歩、旅することについて

その後の日々について

となりの脳世界

小さい頃について

スーパーの蜃気楼

私は少し遠くに遊びに行ったとき、何フロアもあるような大きめのスーパーを見かけると、そこにむしょうに入りたくなる。一緒にいる友達が「どうしたの？」と不思議そうにしても、「フロアガイドだけ見せて、フロアガイドだけ」と訳のわからないことを言いながら自動扉を入って行く。入り口の案内図を見上げて、書籍、とかいてある場所を探しあてると、たまらない気持ちになる。他に大きな専門の書店がいくらだってあるのになぜか私が「スーパーの本屋」に妙に固執するのは子供の頃、それが一番近い本屋さんだったからだろう。

私は新興住宅地で育った。越してきたとき、できたてのその街の駅前には駅しかなく、住宅地には住宅しかなかった。週末になると、両親は私や兄を車に乗せて近隣の大きいスーパーへ買い物に出かけた。私はそれが何より楽しみだった。スーパーには本屋があった。

両親が地下の食品街で買い物を始めると同時に私は消える。両親の買出しが終わるまでが私のタイムリミットで、それまでは私と本屋の時間だった。その本屋はいつもあまり人がいなくて、本の背表紙だけが淡々と並んでいた。スーパーの敷地と床も壁も繋《つな》がっていて真っ白かった。そこはなんだか大きな冷凍庫に似ていた。本を手にとって開くと、物語が溶け始める。それまでは腐ることなく、何もかも清潔なままひたすら陳列され続けていた。

スーパーの特売の情報だとか、お中元の季節が始まっただとか、そんな店内放送を遠くで聞きながら私はいつも立ち読みをしていた。それが一周してまた同じ放送が流され始めても、私はまだ読み続けた。三周目に入ると父が呼びに来た。「よく飽きないな」と言って笑われたが、私にはいつも足りなかった。

だから小学校の高学年に上がった頃、私の住む駅前にも大きなスーパーができるというニュースを聞いて、私はとても興奮した。駅前なら自力で行ける。タイムリミットなしで、ずっと書店にいられるのだ。それが開店するのは水曜日で、私は習字に行かなくてはならなかった。母は、「初日なんてきっと混んでるよ。週末行けばいいでしょ」と言っており、まさか習字を休んでまで行かせてくれとは言えなかった。私は考えに考えて、学校が終わったら走って帰り、すぐに習字用具を持って「習字に行ってくる」と家を出て、即座に習字用具を物置に隠した後、自転車を飛ばしてスーパーへ行き、遅刻ギリギリのところで帰ってきて荷物を取る、という計画を練った。

当日、私は友人五人ほどと待ち合わせ、計画通り物置に習字用具を隠すと、自転車を飛ばして駅前に向かった。スーパーの中は、「この街にこんなに人が住んでたのか」と思うほど人でごった返していた。スーパーには「クレープ」という都会の食べ物が売っていた。私はそれを見て「物凄《ものすご》いものが私の街にできた」と心底思った。人の頭の隙間からむさぼるようにフロアガイドを見ると、「ガラス張りの、外が見えるエレベーター」という憧《あこが》れのものが動いていた。

三階も満員の電車の中のような密度が遠くまで続いていた。大人の頭部たちの向こうに、ぽっかりと白い空間があった。思わず声に出して「見えた」と言っていた。「行かなくていいの?」友達が聞いてくれたが、私は首を横に振って、「うん、いい。見えたからいい」と答えた。見るだけでなく足を踏み入れてしまうのはあまりに贅沢《ぜいたく》に思えたし、その瞬間消えてしまうような気もした。

帰り道、私は食べかけのクレープを握りながら急いで自転車をこいだ。物音をたてないよう習字用具を取り出すと、クレープをポリバケツの奥に隠した。柔らかくて甘い塊は、土にまみれても、まだ、何所《どこ》か物凄い場所から盗んできた宝物みたいに見えた。

高校に入って私は東京に引っ越し、あのスーパーが丸ごと本屋になったような大きい本屋にいくらでも行けるようになった。けれど東京には本棚の向こう側にトイレットペーパーを買っている人が見えるような、スーパーと一体化した不思議な本屋はほとんど見当たらなかった。あの三階建てのスーパーはもうなくなり、パチンコ屋に改装された。私はあの時見つけた、私だけの本屋をまだ探しているのかもしれない。あれはやっぱり蜃気楼《しんきろう》だったような、そんな気持ちに襲われているのかもしれないと思う。

（「書店の遠景」二〇〇六年十二月号「本の旅人」）

宙返りの終焉

小学校五年生の頃、友達五、六人ほどと連れ立って、隣の市の市民プールへ出掛けた。そこは大きな施設で他の市の子供達もよく自転車で遊びに来ている人気の場所だった。スライダーの長い行列で退屈した私たちはお喋《しゃべ》りに熱中し、話題は恋愛の話になった。「沙耶ちゃんは？」「私はいないよ」不意に話題が自分に向けられ、私は首を横に振った。

「沙耶ちゃんが好きなのはS先生でしょ」

Oさんが突然、去年までの担任の先生の名前を言ったので、私は目を見開いた。

「みんな言ってるよ。いっつも会いに行ってるし、怪しいよ」

私は唖然《あぜん》とした。確かに私はS先生のことがとても好きだった。初めての感情を持った相手であることも確かだった。でもそれはOさんの指摘とはまるで逆の感情だった。S先生は私にとって、家族以外で初めての、異性として意識「しない」男性だったのだ。

女児向けのアニメーションを見過ぎたせいか、小さい頃から恋というものに異様な憧れを持っていた私は、幼稚園の頃には周りの男性をはっきりと「異性」として認識するようになっていた。幼稚園の年少組の頃教わった体操の先生ですら私にとっては男だった。同じクラスの男子なども当然男で、意識しすぎて、近づくとすぐ泣くので、私に近づいてくる男子はあまりいなかった。

二年生までそんな時を過ごし、三年にあがってS先生が担任になってから、世界が変わった。S先生は初めて、異性であること以上に「先生」なのだと思える人だった。彼にはいくら抱きついてもしがみついても良かった。自分が女であることを強く意識した状態で幼少時代を過ごした私にとって、S先生が担任をしてくれた二年間は、遅れてきた性別のない子供時代だった。

同時に、クラスの男子にも「男」として意識することがなくなり、定規をぶん投げて泣かせたり、大声であだ名で呼んだりして、大人しかった二年生までの村田はどこへ行ってしまったんだろうと言われた位、その二年間、私はやけに活発だった。

先生のしてくれた遊びで一番好きだったのは、宙返りだった。先生が生徒をさかさに持ち上げて、肩の上でひっくり返して後ろに下ろしてくれるのだ。宙返りは一人一日一回と決められていて、帰りの会が終わると子供達は先生の前に行列を作り、一人ずつ持ち上げてもらっていた。私は五年生になっても頻繁に先生のところへ行き、宙返りをねだった。宙返りをしている瞬間は、私が完璧に性別から解放されている瞬間だった。

そうしたS先生に対する感情を、恋愛感情だと誤解されるのは、私には一番嫌なことだった。「違うよ。絶対に違うから！」と念を押す私の異様な剣幕がかえってそうとしか見えないようで、皆は笑ってひやかした。

やがて順番が来て、私は元気がないままスライダーを滑り降りた。スライダーの浮遊感はどこかS先生の宙返りと似ていた。その感覚に包まれながら、私は明日から頻繁に先生のところに行くのはやめようと決心していた。

それから六年生になりS先生は異動で違う学校へ行ってしまったが、その夏、先生を招いて小学校の三、四年生のメンバーで同窓会をすることになった。私は先生を迎えに行く役に指名され、密《ひそ》かに喜んだ。久しぶりに先生と沢山喋れると思ったからだ。

当日、予定通り私はバス停まで先生を迎えに行き、二人で小学校の教室までゆっくりと歩いた。だが、その十数分の間、私はほとんど言葉を発しなかった。私は離れていた短い間に自分が変わってしまったのを感じていた。

私は先生に異性を感じるようになっていたのだ。もう永遠にあの宙返りはできないのだと思いながら、私は背の高い先生の筋張った首筋を見ないよう、フェンス越しのグラウンドばかりをぼんやりと見ていた。「ずいぶん大人しいな」先生の不思議そうな声が遠く聞こえ、代わりに蟬《せみ》の声がやけに近かった。

（二〇〇九年七月号「すばる」）

清潔な培養液

私は幼稚園の頃、千葉にあるニュータウンへ引っ越して、中学を卒業するまでそこで育った。住み始めた当初、まだ街は空き地と工事現場だらけで、子供が遊ぶところは小さな児童公園しかなかった。街の景観に合わせたらしい、やたらにデザイン性の高い滑り台やシーソーたちは、実際に遊ぶのにはあまり向いていなかった。私たちは、遊歩道の奥や児童公園の隙間に秘密基地を作り、街の端っこに見つけたか細いドブ川でザリガニを釣り、人のいない工事現場に忍び込んだ。

しかし、子供が秘密を持つには、あまりにもその街は整いすぎていた。か細い植木の陰に作った秘密基地はすぐに大人に見つかってしまった。ドブ川はすぐに埋め立てられ、その上には新しい住居が建ち並んだ。工事現場は鉄線で頑丈に囲まれ、中に入れなくなった。私たちは、つまんないなあ、と囁《ささや》きあった。誰かが見かけたというツチノコを放課後大勢で集まって探しに行った時も、探す場所が少なすぎて探索はすぐに終わり、あっけなく解散になった。「こんなとこつまんない。もっと遊ぶ場所があれぱいいのに」友達は不満そうに言い、私も本当にそうだと何度も頷《うなず》いた。

それから私は高校に入学すると同時に東京へ引っ越し、育った街に帰ることはほとんどない。けれどたまに、街全体が清潔な遊園地のようだったことを、ぼんやりと思い返す。東京で道に迷って紛れ込んだ住宅地、大きなオフィスビルの隙間、出来立てのモノレールの駅などで、ニュータウンにどことなく似ている景色を見つけるたびに、つい立ち止まってしまう。あの清潔な街に対して発生した感情が郷愁のようにはどうしても思えないが、自分が培養された場所に、人は反応するようにできているのだなあと思う。清潔な街は液体のように子供たちを包んでいて、その培養液に似た光景に、どうしても身体が騒いでしまうのだ。いつも不気味に思いながら、立ち止まっては、頭の中でその光景を拾い集めている。

（「ものおもい」二〇〇九年九月号「野性時代」）

初恋を手術した日

小学校三年生の頃、隣の席になった子はとても綺麗《きれい》な男の子だった。一、二年生の頃クラスにいたふっくらとした頰の男の子たちとは少し違い、顔の輪郭が大人の男性のように細長かった。痩せていて顎や耳下の骨の形がよくわかり、なめらかな皮膚の中にとても整った頭蓋骨があるのだと感じた。男の子は穏やかな性格のようで、隣に座る私に、「よろしく」と、女の子のような高い声で挨拶をした。「うん」と返事をしながら、自分がとても緊張していることに気付いた。

男の子の隣に座り、自分の緊張がいつまでも続いていること、脈が速くなり体温が上昇している感覚があることをじっくり確認した。そして、私は、ついに自分が初恋の相手を見つけたのだと結論付けた。

私はとても思い込みの激しい小学生だった。少女漫画やテレビドラマなどをよく見ていた私は、恋愛を一種の宗教のように信じていた。特に「初恋」というものには、物凄い力が宿っているのだと考えていた。それは恋愛に対する甘い憧れというよりも、もっと激しい思い込みだった。それが起こることで人生は大きな曲がり角を迎え、子供時代は終わる。私は「初恋」を一種の「成人の儀式」だと思っていたのだ。遠い国では、大人になったことを証明するために刺青《いれずみ》を入れたり、ライオンを狩ったり、高い場所から飛び降りたりするとテレビなどで見て知っていた。私にとって「初恋」とはそうしたものに近い出来事だった。両想《りょうおも》いになるかどうかはさして問題ではなく、それを完璧にやり遂げることで大人になるのだと固く信じていた。

「初恋」の儀式を成功させるには、とにかくその恋愛が「本物」であることが重要だった。淡い憧れなどではなく、命を懸ける覚悟でその恋愛を貫かなくてはならないと勝手に思っていた。こんな激しい思い込みに取り憑《つ》かれた小学生の相手役に選ばれた男の子が可哀想《かわいそう》でならないが、私は覚悟を決めて「初恋」を始めることにした。甘い感情よりも、荒波に乗り出していく感覚の方が強かった。

しかし、実は、異性に対して緊張し動悸《どうき》がする状態になるのは生まれて初めてではなかった。幼稚園に入ったばかりの頃、体操の先生に対して同じような肉体感覚を味わったことがあったのだ。しかし幼稚園の先生に気持ちを告げても笑い話で済まされ、「子供の淡い初恋」で終わらせられてしまうだろうと考えた私は、その出来事をなかったことにしていた。「本当の本当」というのが、当時の私の口癖だった。通過儀礼を無事にまっとうして大人になるには、「本当の本当」の初恋でなくてはならなかった。なので、自分の理想に反するものはいくら身体《からだ》が反応していても押し止めた。

こうして「初恋」を始めた私だが、何をしていいのかよくわからないので、その男の子の前で勇ましくサッカーをしたり、体育の授業で相撲を頑張ったりと、よくわからないことばかりしていた。相手に向かっていくわけではないのが、今思えば、この「初恋」とやらが自己完結の世界で終わっているものであることの証明だと思う。

やがて席替えが行われ、綺麗な男の子と離れた席になった。それからしばらくして、今度は、当時仲の良かった他の男の子に対して動悸が起こるようになった。私は激しいショックを受けた。「本当の本当」なら、こんなにすぐに心変わりするはずはなかった。これでは通過儀礼をまっとうすることができない。悩んだ私は全てをなかったことにし、白紙に戻すことに決めた。そのために、今自分に起こっている肉体反応を封じ込める必要があった。

その儀式は、深夜に行われた。私は誰もいない和室に一人横になっていた。やがて私は見えないメスを取り出し、それでゆっくりと胸を裂いた。私は胸の中から大きな塊を取り出した。それが自分の、動悸がする心臓だということになっていた。その塊は目に見えないのに、それを取り出した両手がどこか熱いように思えた。手に持ったその塊をどうするか少し考え、私は起き上がってそれを和室の壁に埋め込んだ。そして再び寝そべって、切開した胸を縫って閉じた。

おそらく、「オズの魔法使い」の影響だったのだと思う。私はブリキ男が好きで、魔女が彼に心臓を入れてあげるところが特に気に入っていた。ブリキ男と逆に、私は心臓を取り出したことになる。儀式が終わると、胸がすっきりとして何かが除去された感覚があった。

翌日、学校へ行き、仲の良い男の子と挨拶を交わした。だがもう、昨日までのように心臓が反応することはなくなっていた。昨晩の「手術」が成功したのだと私は思った。それからしばらくは、昼間見ても壁の中でなにか熱いものが蠢《うごめ》いているような気がしていた。

今思えば、それらは初恋にも達さない「異性を意識する」という自然な感情で、その淡い動悸が強く念じる力で封じ込められてしまうのは当然のことのように思うが、私は自分が本当に手術したのだと信じきっていた。

それから高学年にあがってからも、「手術」の効果は続いた。多少同級生を意識することはあっても、和室の壁を思い浮かべ、自分の心臓はあそこに埋め込まれていると思うと、すぐに感情は消えていった。中学生になってから、やっと、あれは只《ただ》の遊びだったと思えてきて、再び好きな人ができるようになった。その頃には「初恋」は通過儀礼などではなくなり、素直に自分の感情を受け入れることができるようになっていた。

「初恋」に対する信仰心も、「手術」に対する妄信も、発生源は同じであるのだろう。自然な反応や感情を歪《ゆが》めてまで、不可解な儀式を信じるパワーは、子供なら誰でも持っているものなのかもしれないが、その異様な思い込みの世界の中で私はどこか幸福だった。

大学を卒業した頃、アルバイト先の男の子に淡い感情を抱きかけた私は、布団に寝そべって、動悸がしている感覚をじっと味わっていた。ふと、小学生の頃の出来事を思い出した私は、試しにあの頃のように「手術」をしてみた。しかし、もう感情が消滅することはなかった。その時とてもがっかりしてしまった私は、どこかで、再び何らかの「手術」に成功したい願望があるのだろう。自分の作り出した「儀式」が、自分の今までいた世界をあっという間に捻《ね》じ曲げていく感覚を、私はまた味わってみたいのだ。

（二〇一〇年四月号「新潮」）

わん太の目

小学校三年生のクリスマス、サンタさんがクマのぬいぐるみをくれた。自分と同じくらいの顔の大きさをした二頭身のクマは、とても愛くるしかった。私は喜んでクマを抱いたまま朝食を食べた。兄もクマを気に入ったらしく、丸い頭を撫《な》でながら「沙耶香、お前、このクマ『くう太』って名前にしろよ」と笑った。その名前が気に入った私は「うん！」と頷き、兄と一緒にくう太の頭を撫でた。皆の笑顔の中心にくう太がいる、そんなクリスマスの朝だった。

私はそれから、毎晩くう太を抱いて寝た。くう太はふかふかとしていて、顔を押し付けるとおひさまの匂いがした。

その次の年のクリスマスの朝、寝ぼけながら枕元を見ると、去年とそっくりの箱があった。少し嫌な予感がして開けてみると、そこには、くう太とそっくりの灰色の犬のぬいぐるみが入っていた。くう太とほとんどかわらないデザインなのだが、犬のほうは、なんだかあんまり可愛《かわい》くなかった。灰色の毛はくう太よりがさがさしていたし、そもそもくう太がいるのだからこれ以上ぬいぐるみは欲しくなかった。そう思いながらちらりと父を見ると、「去年、あんまり沙耶香が喜んだから、サンタさんがもう一匹くれたんだよ！　よかったなー！」とうれしそうだった。

くう太と同じようにこの子にも名前をつけてもらおうと兄の部屋に行った。ノックすると「何ー？」と不機嫌そうな声が聞こえ、中に入ると兄は電話しているところだった。受話器をおさえて、「なんだよ、うるさいなー。どうしたんだよ？」と言う兄に、「名前をつけてもらおうと思って……」と犬のぬいぐるみを差し出してみせると、「なんだ、そんなことかよー！　そんなの、わん太でいいんだよ、わん太で！」と投げやりに言われた。それで、その犬の名前はわん太になった。

私はわん太が不憫《ふびん》だった。名前のつけられ方もそうだが、何より、私自身が心の底ではあまりわん太のことを可愛いと思っていないことが、一番不憫だった。

私はくう太とわん太を差別せず、絶対に公平にしようと心に誓った。ぎゅっと抱きしめた腕の中で潰《つぶ》れた灰色のわん太はくう太に比べるとおじさんみたいな顔をしていて、やっぱりあまり可愛くなかった。

それから夜になると私は、公平になるように、くう太とわん太を両脇に置いて眠ることにした。けれど、本当はくう太のことが好きなので、ついついくう太のほうに顔を向けて寝てしまう。ふと夜中に目が覚め、ずっとわん太に背を向けてしまっていたことに気が付き、慌ててそちらを向く。暗がりの中で、灰色のわん太の顔がどす黒く見えた。

一分くらい義理でわん太のほうを向いてみせ、またすぐに寝返りをうってくう太のほっぺたに顔を埋《うず》めた。わん太の黒いボタンの目が、じっと背後からその光景を見つめている気がした。うなされながら毎夜二匹に挟まれて眠る私を、父は、「沙耶香はまだまだ子供だなあ!」と笑い、ある朝こっそり部屋に忍び込んできて、二匹と一人が眠る姿を写真に撮った。フラッシュで目を覚ました私は、枕元で大笑いする父を見ながら、人の苦労も知らずに呑気《のんき》なもんだと思った。

それからも、私はくう太とわん太に公平であるように努めた。学校から帰ってきてつい習慣でくう太とじゃれあった後は、はっとしてわん太のことを義理で三十秒くらい撫《な》でてみせるのを忘れなかった。人形遊びでくう太ばかり活躍させた後は、ぎくりと思い出して急いでわん太も参加させた。

でも、本当は、わん太は全部知っている気がした。わん太の目は、いつも私を見抜くように、じっとこちらを見ていた。

私は心のどこかでわん太が怖かった。わん太が自分を憎んでいるような気がした。

わん太の視線が怖くなった私は、徐々にくう太とも遊ばなくなった。小学校を終える頃、もう遊ばないぬいぐるみを片付けるように言われた私は、くう太とわん太を兎《うさぎ》のぬいぐるみと一緒にクローゼットの上に押し込んだ。三匹で結婚して幸せに暮らしているのだということにして、わん太をいちばん向こうに押し込み壁に顔を向けさせ、その目がこちらに向かないようにした。くう太とわん太の物語を、無理矢理にでもハッピーエンドにしたかったのだ。それからもしばらくはわん太がどこからかこちらを見ている気がして、何度もクローゼットの上をいじっていたが、大人になるにつれ、私は徐々にそのことを忘れていった。

最近、父が部屋に忍び込んで撮ったあの写真が出てきた。アルバムの中で、私は二匹に挟まれて青白い顔で眠っていた。わん太は私の髪の毛の中に鼻先を埋め、寒そうに布団を被《かぶ》っていた。その目は記憶にあるよりずっと無垢《むく》で、生まれたての子供みたいな何も知らない顔で、写真のこちら側をぼんやり見つめていた。


（「わたしの幼年の友」二〇一二年一月号「紡」）

お風呂の中で水を飲むこと

　私が「あれ、よかったのになぁ」と思うのは、「お風呂の中で水を飲むこと」です。

　小学校の三年生くらいまで、私は父とお風呂に入っていました。父はたびたび、湯船の外の洗い場に向かって蛇口からジャージャー水を出しながら、私に言いました。

「ほら沙耶香、飲みなさい！　飲みなさい！　お風呂で飲む水は最高に美味しいから！　ほら、どんどん味わわないと！」

　私は湯船から身を乗り出して、蛇口から溢れている水に口を付けて飲もうとするのですが、上から流れてくる水を飲むのはなかなか難しく、上手に飲めませんでした。

「いいよ。あがってからコップで飲むから」

「わかってないなあ。こうやって風呂場で飲むのがいいのに！」

　父は不満げでしたが、私はコップのほうが飲みやすくていいのに、と思っていました。

　学校でも、突然友達が、

「ねえねえ、皆さあ、どこで飲む水が一番好き？」

と質問してきたことがあります。

六人くらいでお喋りしていたときなのですが、一人がすぐに「お風呂の中で飲む水ー！」と答え、「私も！」「私も！」と私以外の四人が同意しました。

私は、そもそもその質問自体が、「お風呂の中で飲む水」と答えさせるための質問じゃないか……と思いながら、「お風呂上がりにコップで飲む水」と答え、「えー、それも美味しいけど、やっぱりお風呂で蛇口から飲む水が一番おいしいよー！」と皆に言われました。

しかし、時が流れてミネラルウォーターを飲むのが普通になり、今では「お風呂の中で飲む水が美味しいと強要してくる人」と出会う機会がほとんどなくなりました。

小学校のころ「お風呂の中で飲む水が一番だよ！」と私に言っていた子も、大学を卒業してしばらくすると、「同棲している彼が水道水飲むんだけど、どう思う？ あれってカルキ入ってるし、身体に悪いよね？ やめさせたほうがいいよね？」と私に深刻な表情で聞いてきました。驚いた私が「え、でも〇〇ちゃん、お風呂場でお水飲んでるって言ってたよね？ ほら、小学校のころ」と言うと、「え……？ 何それ、そんなことしたことないけど」と怪訝《けげん》な顔で言うので更にびっくりしました。

今は父ですら、「水道水は美味しくないなあ。一旦冷蔵庫で冷やして飲まないと、カルキの味がする」とぼやくようになりました。皆、あんなに執拗に私にお風呂の中で飲む水の甘美さを主張していたのに……と呆然としています。

押し付けられるとなんとなく嫌だったのですが、なくなればなくなったで、「あれ、よかったのになぁ」と思ってしまいます。皆が「日常の甘美なひととき」としてあんなに熱心に語っていた風習なのに、記憶すら失っている気がしてちょっと怖いのです。

流れている水に唇を近づけていく高揚感、お行儀が悪いことをしている背徳感、その上で喉に流れ込んでくる冷たい水の感触、それらが今になってすごく素敵なことだったように思えてしまうのですが、共有できる人をなかなか見つけられないまま、今日もお風呂上がりにコップで水を飲んでいます。

（「あれ、よかったのになぁ」二〇一五年春号「MONKEY」）

不完全な大人のままで

思春期の頃、私は「完璧な大人」を探していた。それは性愛への目覚めが早かったことに起因しているのかもしれない。まだ記憶もおぼろげな、幼稚園に入る数年前の頃から、私は自分が「女」であることをとても意識していた。幼少期から、父が「男」で自分が「女」であることを意識して、うまく甘えることができなかった。

なので、小学三年生の頃、S先生が担任になった時は驚いた。S先生は「男」だけれど、それ以上に「先生」だった。私を抱き上げ、頭を撫で、けれどそうされている私は「女」ではないのだった。

私は初めて、性別のないスキンシップというものを知った。恐らく、先生方から見れば異常だと思えるくらい、私はS先生に懐いた。肩車をせがみ、後ろから抱きついて脅かし、膝の上に乗ってじゃれついた。

五年生になって先生が担任でなくなると、友達が口々に言った。「さやかちゃんは、S先生のこと好きなんだもんね」。違う、と叫びたかったけれど、うまく説明できなかった。皆は恋の噂《うわさ》に興味を持ち始めた年頃で、私が先生に懐く様子が、恋をしている少女のように映るらしいということは、私にも理解できた。もう担任ではなくなったS先生のところへ遊びに行くと、「もうクラスが変わったんだから、あんまり来るなよー」と先生は笑いながら注意した。新しい女の担任の先生には、「村田さんはS先生がいいのよね」と溜息《ためいき》混じりに言われた。それを見て、私もようやく、自分がS先生を「卒業」しなければいけないのだと知った。

私はその時からずっと、S先生の代わりになる人を探していたのかもしれない。中学にあがったとき、私は塾の先生と仲良くなった。先生はふざけて私の頭を叩《たた》いたり、笑って肩を叩いたりした。私はその、子供にするようなスキンシップがうれしかった。

先生がふざけて、耳元で「結婚しよう、村田」と言ったとき、私はうまく笑うことができなかった。それは単なる冗談だったのだと思う。でも、「女」だから言われる冗談だった。私はただの「子供」でいたかったが、こんな人のいい先生を相手にしても、それはもう無理になってしまったのだと悟った。

私は先生を避けるようになった。先生はそんな私をますますからかった。「恥ずかしがるのがかわいいよ」「ここに電話してきなさい、特別に教えてあげるから」「お嫁さんにおいでよ」。それは密室で行われたことではなかったし、周りの皆は笑っていたので、先生にとっては本当に冗談でしかなかったのだと思う。でも、「女」でなければ言われないはずの冗談の数々は、私にとっては苦しいものだった。ちょうどその頃、私は学校で、一番仲がいい子と口をきいてもらえなくなってしまった。私は自分の苦しみを、「完璧な大人」に打ち明けたかった。けれど、「完璧な大人」はどこにもいなかった。大人になった今だからわかるが、そんな人はきっとこの世のどこにもいないのだと思う。けれど、子供だった私はそれを求めてしまった。探してしまった。

思春期特有の思い詰めた言葉だと思って欲しいが、私は、その時、「死にたかった」。そして、根底ではとても「生きたかった」。死にたい気持ちを誰かに打ち明けて処理し、何としても生き延びたかった。けれど、本当に申し訳ないことだが、その時の私には、「信用できる完璧な大人」はどこにもいなかった。「迷惑な正義感で大騒ぎして、事態を悪化させそうな大人」や、「よくある思春期のたわごととして、上っ面のことを言ってきそうな大人」はいたが、「ただ、話を聞いてくれる大人」を、私は見つけることができなかった。

いのちの電話に電話をしたが、なかなか繋がらず、やっと電話が通じても、上手《うま》く自分の状況を説明することができなかった。たとえば殴られたりいじめにあったり、もっと自分より深刻な状況に陥っている子がたくさんいるだろうと思うと、言葉が詰まった。そのまま、「ごめんなさい、大丈夫になりました。ありがとうございます」と言って電話を切った。

突拍子もないようだが、私はテレクラにも電話をした。当たり前のことかもしれないが、テレクラの男性はやけに優しかった。だが突然変態的なことを言われ、驚いて切った。

私は幸運にも、そういう大人から性的に何かをされるということもなく、無事に「生きたい」ほうの自分を守り、思春期を乗り切ることができた。けれど、そうできない自分のような子供が今でもたくさんいるのではないかと、ずっと考えている。そして、あの時の自分が求めた「完璧な大人」に、今の自分もなれていないなあと思っている。

不完全な大人のまま、私は小説を書いている。それは子供を救うようなものでは到底ない、過激なものばかりだ。でも、小説は私の救いだった。なぜ思春期を乗り越えることができたかといえば、「不完全な大人」らしき人が書いた、自分より絶望した人間の言葉が、本の中にあったからだった。誰かが書き残した絶望が、私にとっては希望だった。その暗闇を頼りに、思春期を少しずつ進んで、乗り越えていった。
「高校生や高校の国語の先生が興味・関心を持つような内容であれば、特にテーマは何でも構いません。」こんな依頼を頂いて、自分の思春期について自由に書いた。とはいえ、自由過ぎたような気がして、少し反省している。けれど、この機会に自分の絶望を少しだけ書きとめたくて、ページを使わせてもらった。

本と出会い、無事に高校に進学して私はすくすく大人になり、そのことにとても感謝している。なので、これを読んだ先生が卒倒しないように祈る。私は自分の絶望に、とても感謝している。思春期に絶望したことが、自分という人間を豊かにしたと思っているからだ。そして不完全な私は、今日も小説を書くためにパソコンを開いている。

（二〇一七年春号「ニューサポート高校『国語』」）

宝物を作る喜び

「最近、作ってないな」とふと思った。

子供の頃から、何かを思いつくとくだらないものを作ってしまう癖があった。

六歳年上の兄が深夜番組を見ている姿がなんだか格好いいと思った時は、ノートの切れ端でテレビを作って（紙芝居方式でチャンネルが替えられるようになっていた）、いつまでも架空の番組を眺めていた。少女漫画の中でファッション誌を捲《めく》っている女の子が素敵だと思えば、ノートとホチキスで雑誌を作って真っ白なページを見つめていた。

旅行がしたくて、窓を作ったこともあった。画用紙で作った窓枠に、セロハンテープで貼り合わせた長い紙を挟み、手で動かしていく。色鉛筆で描いた山や川が後ろに流れていく様子に、「本当に電車に乗っているみたいだ！」と興奮した。

大人になってからも、壊れた指輪をネックレスに改造してみたり、ティッシュケースをひっくり返して小物入れにしたり、思いついたら何かを作ってしまうのは私の悪い癖だった。大概のものが、「捨てたいけれどなんだか捨てられない」ものになってしまうのだ。

これ以上ものが増えるのが怖くて、いつの間にか作りたい気持ちをセーブするようになってしまった気がする。どんな奇妙な物体でも、作った時点でそれは宝物になってしまうのだ。部屋が狭いのでこれ以上は、と思いつつ、その喜びを、どうにも忘れることができず悶々《もんもん》としている。

（「回遊する日常」二〇一七年四月十一日「朝日新聞」）

相撲を夢見た日

テレビを点《つ》けると相撲のニュースが続いており、胸が苦しい。私は相撲には詳しくないが、見るのは好きだ。それは小学校の頃の想い出のせいだと思う。

私は体育が苦手な子供だった。マラソンは遅いし、ボールが怖い。体育はいつも誰かに迷惑をかけないように必死だった。

小学三年生の時、担任の先生が、「今日の体育は相撲です」と言った。わっと皆が歓声をあげた。私はぽかんとしていた。大きなマットが土俵ということになり、そこから出たら負けだよ、と教えられた。

「いろいろ技があるんだけど、一番わかりやすいのは、『押し出し』かな。こうやって組んで押し出したほうが勝ち！　腰を低くすると強くなるぞー」

先生の言葉に、私はわくわくした。運動が苦手な私にも、「押し出し」なら怖さを感じずチャレンジできる気がしたのだ。

クラスの皆は、テレビで見るお相撲さんのイメージがあるのか、「まわしは？」「ふんどしは?」と騒いでいた。ふんどしは違うと思うが、とにかく、いつもと違うスポーツに挑戦することに、皆高揚していた。

相撲はトーナメント戦だった。(腰を低く、腰を低く)と頭の中で繰り返し、私は組み合った相手を力いっぱい土俵から押し出した。

「さやちゃん、小柄なのにすごい!」

気が付くと、私はトーナメント戦を勝ち抜いていた。女子の中でもう一人、勝ち続けていた中本さん(仮名)との対戦となった。中本さんは相撲の知識があるのか、すっと身体を引いて相手を転ばせるという技でどんどん勝ち抜いていた(今調べたところ、「引き落とし」に近い技だったと思う)。私も中本さんの素晴らしい技を見ていたが、「私は『押し出し』一筋で行こう」と心に決めていた。

長い闘いの末、私は中本さんをぎりぎりのところで押し出した。拍手が起こった。自分が体育で活躍するなんて、初めてのことだった。

次は男子との対戦だった。それもクラスでも身体が大きい、優勝候補の坂本くん(仮名)との試合だった。私は全力で戦い、あっさりと負けた。けれど、すがすがしい負けだった。坂本くんと戦えたことが誇らしくすらあった。

私はその日のことが忘れられなかった。中学にあがった時、友達に「美術部に入ろうかな」と話しながら、「もしかしたら、この学校に相撲部があるのでは？」と密《ひそ》かに思いつき、いてもたってもいられなくなった。

仮入部で盛り上がる校舎を抜け出し、私は土俵を探して校内を駆け回った。私の通った中学校には柔道場があった。私はその建物の中に、土俵があるように思えて、柔道場のまわりを何周もした。窓やドアを開けようとしたが中に入ることができず、私は相撲部に入ることを断念した。入るも何も、元から土俵も相撲部もなかったのだが、「もしここで美術部ではなく相撲部に入ったら、今までと違う新しい自分に出会えるのではないか」と私は夢見ていたのだ。

結局、あの日以来、私は誰とも相撲をしたことがない。もし、今、友達と相撲をしてみても、「押し出し」しか知らない私は、負けてしまうと思う。でも、いつか、機会があったらもう一度、誰かと思いきり相撲をとってみたい。相撲は私にとって、いまでもそんな新鮮な胸の高鳴りを与えてくれる、特別な競技なのだ。

（「プロムナード」二〇一八年二月二十八日「日本経済新聞」）

宝物の棒の想い出

友達の子供がどんどん大きくなって、少し前までは夜泣きやおむつの話をしていたのが、最近は外で散歩したとか、かくれんぼしたとか、エピソードも成長してきた。自分の子供時代の記憶をくすぐられるのか、ずっと忘れていた「お気に入りの棒」の話を最近よく思い出す。

小学校低学年の頃、私には棒を拾う癖があった。公園や道端で「これはいい棒だ……」という棒を拾っては、地面の上を引き摺《ず》って歩いていた。地面の凹凸が振動になって棒から伝わってくるのが、なぜだかたまらなく面白かったのである。

私は、これぞという「お気に入りの棒」を厳選して、こっそり溜《た》め込んでいた。家の駐車場の屋根に雨どいがあり、そこは棒を溜め込むのに最適だった。とっておきの棒を六、七本溜め込んで、放課後遊びに行く時に、「今日はこの棒にしよう」と選んで持って歩いていた。

ある日、いつものように棒を選ぼうと雨どいを覗《のぞ》き込むと、棒がごっそりなくなって雨どいが綺麗になっていた。私は衝撃を受け、母に尋ねた。

「え？　棒？　捨てたわよ」

あっさり言われて、私はとてもショックを受けた。なぜ、あの素晴らしい棒コレクションを捨ててしまったのかと、半泣きで母を責めた。

母は最初は笑いながら「あんなもの溜め込んじゃだめよ」と言っていたが、私のあまりの剣幕《けんまく》に、

「そんなに大事なものだったとは気が付かなかったわ……」

と困った様子だった。

「違う棒じゃだめなの？」

とも言われたが、私はどうしてもあのとっておきの愛する棒たちじゃないとだめなのだと言い張り、落ち込んで、拗《す》ねて、母を困らせた。

大人になってこのエピソードを思い返すと、母に申し訳なくて仕方がない。そもそも「お気に入りの棒」って何？　という気持ちになる。せめて、貝殻とか石とか、腐らなくてかさばらないものじゃだめだったのだろうか。そもそも雨どいに棒をぎゅうぎゅう詰め込んでは雨どいの役割を果たせないではないかと、子供時代の自分に文句が言いたくなる。

あの時、よく母は「うるせえ！　棒なんか溜め込んでるんじゃねえ！」とぶち切れず、私の気持ちに寄り添おうとしてくれたと思う。今、育児で大変な思いをしている友達の話を聞いていると、ますます母に申し訳なくなる。

友達にこの話をすると、

「棒！　どんどん溜まっていくんだよねえ。うちは、引き摺るんじゃなくて、剣なの。なんか、かっこいい棒っていうのがあるみたいなんだけど……」

とやっぱり困っている様子だった。子供にとって「棒」とはなにか、たまらない魅力を持っているものらしい。

大人になって、私の視点は二つになった。棒を溜め込んでしまう子供時代の自分の気持ちも覚えているし、棒を溜め込んでしまうことに困ってしまう大人の目線もよくわかる。もしタイムマシンで子供時代の自分に会ったら、「あと二年もしたらお前はこの棒の良さなんてわからなくなるんだー！　次は友達とホチキスで漫画雑誌を作り始め、それが宝物になって、棒のことなんて忘れるんだー！」と叫びながら棒を全て捨ててしまうかもしれない。改めて、自分を尊重してくれた母に感謝しながらも、あの棒を愛する切ない気持ちも忘れられずにいるのだ。

（「プロムナード」二〇一八年五月十六日「日本経済新聞」）

謎のクラスメイト

子供の頃から、人の名前を覚えるのがあまり得意ではなかった。話したことがない人の名前を忘れてしまうならわかるが、毎日一緒に登校して放課後遊んでいるような、仲のいい子の名前も忘れてしまう。夏休みや冬休みなど、長い休暇が終わるとほとんどの名前がわからなくなっているので、始業式の前の日の夜は、連絡網を必死に見て、仲のいい子の名前を一生懸命復習してから学校へ通っていた。

大学生の時は常に名簿を持ち歩くことにしていた。毎日学食を一緒に食べるような子の名前も唐突に忘れてしまったりするので恐ろしい。友達がトイレに行っている隙に、鞄《かばん》からこっそり名簿を出して名前を確認することもあった。

名前を忘れてしまうのは本当に失礼なことで申し訳なく、しかもそれがとても親しい大好きな人が相手なのだから自分が情けない。直したいと思っていろいろ工夫しているが、なかなかうまくいかずにいる。

そんな私だが、逆に謎の記憶が残っている場合もある。小学校の頃の友達に会って、こんなことがあったね、あんなことがあったね、と思い出話をしていた時のことだ。同窓会が開かれた直後だったので、私にしてはいろいろな人の名前をスムーズに出すことができていた。

しかし何時間かお喋りをしたあと、突然、友達が言いにくそうに切り出した。

「あのね、さやかちゃん、いつも小学校の頃の話をする時、『眼鏡をかけているほうの谷村くん（仮名）』って言うけど、『眼鏡をかけていないほうの谷村くん』なんて、いたっけ……？」

私は衝撃を受けた。私の脳裏には、「眼鏡をかけていないほうの谷村くん」の顔がはっきりと浮かんでいるのである。話したことはないが、明るくていい人そうだなあと思っていた。では、この人は一体誰なのだろう？

そのことを友達に告げると、「そうなんだ、じゃあ私が忘れちゃってるのかも」と困った顔をされたが、怖くてなかなかアルバムを確認できずにいた。けれど、勇気を出してさっき小学校のアルバムを確認してみたところ、「眼鏡をかけていないほうの谷村くん」は存在しなかった。

今、違う時空に来てしまったような、恐ろしい気持ちに襲われている。これを書いている私の脳裏に今も浮かぶ、「眼鏡をかけていないほうの谷村くん」は一体誰なのだろう？　念のため、中学校と高校のアルバムも確認してみたが、谷村くんと同じ顔の人はいなかった。ではこの人は一体どうやって私の記憶の中へやってきたのだろう？

なぜ、大切な人の名前を忘れてしまうことがあるのに、「眼鏡をかけていないほうの谷村くん」という謎の人物のことを鮮明に覚えているのだろう。なんだか怖いし、とても悲しい。

いろいろ考えてみたが、多分記憶が混濁しているのだと思うので、きっといつか、「『眼鏡をかけていないほうの谷村くん』の本物」に出会う日が来るのだと思う。それはもしかしたら出版社のパーティーかもしれないし、昔のアルバイト仲間の飲み会かもしれないし、お世話になった方の息子さんかもしれない。もし再会した時、「谷村くん……！」と私が叫んでしまっても、どうか大目に見てほしい。私にとってその人は何十年も、明るく快活なクラスメイトの谷村くんだった人物なのだ。

（「プロムナード」二〇一八年五月三十日「日本経済新聞」）

日常について

歌舞伎町の店員

初めてアルバイトをしたコンビニエンスストアが、経営不振で閉店することになった時、私は大学の四年生だった。閉店前の二日間は、店内のものが全て半額になった。「半額」「半額」と書かれた紙がそこらじゅうに貼られ、店内は差し押さえにあったように見えた。

店長は職場を失ったアルバイトの皆に、自分が新しく配属されるお店に応募しないかと持ちかけた。そこは一か月後に新しく開く予定の店で、場所は歌舞伎町だった。

夕方働いていた高校生の男の子は、

「怖いから、無理です」

とあっさり断った。潰れたお店に対する執着心を引きずって、しぶとく「やります」と答えたのは女性の方が多かった。

私は両親に、

「皆と一緒に新店舗に移動することにした。場所は……新大久保とか、そういう感じのほう」

となるべく曖昧に説明した。

「そのあたりは歌舞伎町とかが近いじゃない、危なくないの?」

と母が言い、私はぎくりとしながら、

「なに言ってるの、大丈夫だよ、新しい店だからさあ」

と意味のわからない返事をして誤魔化《ごまか》した。

勤務時間は前の店と同じく朝の六時からだった。だが同じ六時という時間の意味が、住宅街にあった前のお店と歌舞伎町とではまるで違っていた。

五時過ぎに家を出た時、歩道には犬を散歩している人やジョギングする人が行きかっていて、それは正しい朝の光景であったのに、新宿に着くと地面には酔っ払いが何人も転がり、あちこちに嘔吐物《おうとぶつ》が水溜《みずたま》りを作り、鳩《はと》や雀《すずめ》がカラスと混じってそれをつついていた。朝日が昇っていることに誰も気付いていない様子だった。

店の中ではアルコールが入っていない客を探すほうが難しかった。店長はアルバイトたちに、常に声を張り上げて「いらっしゃいませ」と言い続けるよう厳しく指導した。私は前の店の倍の声を張り上げて、「いらっしゃいませ」と叫び続けた。少しでも威勢が悪くなると必ず何かのトラブルが起きた。店の中で客が殴り合うこともあれば、レジの中に人が押し入ってきて、店員が襟首を掴《つか》まれることもあった。騒ぎが起きると、私はレジの下の非常ボタンを何度も強く押しながら、素面《しらふ》で礼儀正しかった前のお店のお客さんたちを恋しく思った。

女の店員は酔っ払いに絡まれやすかった。私は何を言われても、何をされても、気が付かない振りをして、間の抜けた顔で対応し続けることに決めた。それが一番安全だった。人間らしい表情を見せるとたんに付け込まれる。私は、客に見せる表情が、何にも興味がなさそうな間抜け顔と、必要に応じて見せる作り笑いの二種類だけになるよう努めた。

お釣りを数えている手首を掴まれても、おにぎりを並べている途中に足首を握られても、突然背後から抱きつかれても、私は気が付かない振りに徹した。私はだんだんとそれが上手になっていった。トイレで下半身丸出しで眠ってしまった男性にも、手首を押さえ、床に血の斑点を作りながら包帯を買いに来た女性にも、私は驚いた表情を見せなかった。そんなことはいつものことです、という顔で淡々と対処したし、実際にそんなことはいつものことだった。

くたくたになって昼の二時に仕事を終えて外に出ると、一体誰が掃除してくれたのか、そこら中にあった嘔吐物も、転がっていた生ゴミも、綺麗になくなっていた。人通りはほとんどなくなり、どこか不釣合いな真昼の日差しが風俗店やラブホテルを照らしていた。

私はいつも、ホテル街を少し散歩して帰った。薄汚れた遊園地のようで、歩いていると楽しかった。昼のホテル街にカップルの姿はほとんどなく、たまに従業員が外で煙草《タバコ》を吸っているくらいだった。最初は背後を気にしながら恐る恐る歩いていた私も、いつの間にか甘いジュースをすすりながら、建物を見上げたり料金表を眺めて遊ぶようになった。

お店にも慣れてきたように思えていたある日、店の近所の喫茶店で発砲事件が起こった。

ニュースは連日そのことを大きく報道した。街は緊張に包まれた。いつも、腹がたつくらいふてぶてしかった酔っ払いの常連客たちも、いつになく神経質な顔で、煙草を買いながら低い声で会話していた。

私は自分が働く店のそばで人が亡くなったということを、うまく受け止められなかった。いつの間にか、治安の悪い街の態度の悪い店員になっていた私は、ぼんやりとそのことを恥じていた。自分はいつから血の跡を平然とモップで拭えるようになっていたのだろう。

　しばらくして、私は体調を崩して店を辞めた。それから数年がたった今、私は違うコンビニエンスストアのレジの中にいる。私と同じように、昨日の夜に眠って今朝目を覚ました人たちが、コーヒーや栄養ドリンクを買っていく。

　私はたまに時計を見ながら、まだ夜が続いているはずの繁華街のことを思い出そうとする。けれど、健全な朝の雰囲気に、記憶はすぐに飲み込まれてしまい、あの夜の匂いと朝の日差しにはさまれた小さな店の光景を、くっきりと思い出すことはもうできない。

（二〇〇七年五月号「群像」）

四度目の出会い

私は虫は平気なほうだがゴキブリだけは駄目で、見ると惨殺してしまう。一度、ごみ箱の中に追い詰めたゴキブリを物干し竿《ざお》で突いて殺していたら、「そこまでしなくても……」と、一緒にいた恋人がとても嫌な顔をしていた。殺したゴキブリをトイレに流すという人がよくいるが、私は「下水から逆流して蘇《よみがえ》ってくる」と断言し、ティッシュで取り上げて遠くまで捨てに行く。冷静に考えればそんなわけはないのだが、本気でそのように感じてしまうのだ。自分でもゴキブリに対する自分の行動は度が過ぎていると思っていて、自分はこの虫の何がそんなに怖いのだろうか、そもそも何故《なぜ》苦手なのだろうか、とよく考える。

私は「ゴキブリ」という存在と自分は三度出会っていると考えている。最初の出会いは幼稚園へ入る前だった筈《はず》だが、その記憶はおぼろげだ。その頃住んでいた家は古い社宅で、虫が沢山住んでいた。ゴキブリもしょっちゅう出たと母は言うが、私にはごきぶりホイホイの横で平気で遊んでいた記憶しかない。私はこの頃、ゴキブリが特に怖くなかったのだろう。それから引っ越した家はゴキブリはまったく出ず、私はどういう虫なのかすっかり忘れてしまっていた。

二度目の出会いは、小学校の頃、学校の図書館で借りた理科の本の中だった。それは、ある小学校のクラスでゴキブリを飼うまでの過程と、その観察日記やさまざまな実験について書いてある、変わった内容の本だった。その本の中のイラストのゴキブリ達はどこか人間臭くて笑いを誘った。私はゴキブリを見かけたらこの本にあるように一緒に遊ぼうと思っていた。こんなに面白い虫が何故あれほど嫌われるのだろうと不思議だった。

三度目の出会いは中学生の頃、父の単身赴任先に遊びに行った時のことだった。兄は「古い社宅だからゴキブリが出るかもな」と私を脅かした。「あんな虫、平気だよ」と私が言うと、「見たら絶対怖がるだろ」と笑われた。

父の単身赴任先に着き母が台所で料理を始め、私と兄は父とコタツで寛《くつろ》いだ。その時、壁に大きな黒いものが蠢《うごめ》くのが見えた。「出た！」と大声を上げて、兄がコタツから飛び出した。私は座ったまま、壁でじっとしている丸い愛嬌《あいきよう》のある虫をぼんやり眺めていた。それは本で見たイラストより精巧ではあるが丸くて可愛らしく、私にはやはり怖いものとは思えずに、触角のひょうきんな動きを見つめていた。

部屋の隅では兄が「早く殺せ!」と大きな声を上げていた。いつの間にか父も立ち上がり、新聞を丸めて臨戦態勢に入っていた。自分の家族がそんなに真剣に何かを殺そうとしているのを私は初めて見た。だんだんと二人の視線の先にある黒い生物が、何か特別な存在に思えてきた。兄が「飛ぶぞ!」と声を上げた。その鋭い声に背中を押されて、私もコタツから飛びのき、兄の隣へ走って逃げた。床を走っているところを父が新聞で叩きつけ、ゴキブリは殺された。今度は死骸《しがい》をどうするのか話し合っている二人を見ていると、ゴキブリに対する特別な感情は高まった。「ほら、怖かったろ」と兄に言われ私は素直に頷いていた。本では可愛かったが本物は気味が悪いのだと、その時自分で気付いたつもりでいた。だが後から考えると、私がゴキブリを気味が悪いと思ったのはその姿を見た瞬間ではなかった。私は父と兄の反応に連鎖反応しただけだった。それなのに今は壁によじ登っていた黒い姿を思い出すと胸がむかむかするようになっていた。

それからゴキブリは私の中で友達ではなくなり、それどころか名前を聞いただけでぞっとするようになった。過去を振り返りこの恐怖心が後から植えつけられたものだと気付いてから、私は自分の行動が不可解でたまらなくなった。先天的に嫌いなわけではないのにこれほど強い嫌悪感に突き動かされ、ゴキブリを砕き殺している自分の方が、ゴキブリよりもずっと不気味である気がした。何故なかったはずの感情が身体の中を這《は》い上がってくるのだろうかと何度も考えたが、いざゴキブリが出てくると我慢できないのだった。

父は、初めてゴキブリを見た時、何て綺麗な虫だろうと思った、とよく冗談混じりに話してくれる。黒くて大きい虫が羽を広げて飛んでいる姿に見とれたそうだ。確かに余計な知識さえなければ、黒光りしたシンプルな身体は美しく見えるだろう。私はゴキブリを殺しているのではなく、ゴキブリという虫にこびりついた大量の情報に対して物干し竿を振り上げているのかもしれない。情報を洗い流した純粋な状態のゴキブリとは、もう二度と出会えないのかもしれない。

どこかで自分の過剰反応を諦めていた私は、ある日、テレビで衝撃的なものを見た。それはどこか外国の村の映像で、彼らはゴキブリを炒《いた》めて食べていたのだ。私はその光景が忘れられなかった。奇遇なことに、最近ある方から食虫文化についての本を頂いた。強く興味を持った私はインターネットで調べ、食用のゴキブリが外国の市場で販売されているらしいと知った。私はゴキブリとの四度目の出会いを果たさなくてはいけないと思った。食べ物としてのゴキブリと出会うのだ。その時、植えつけられた生理的嫌悪感よりずっと鮮やかに、味覚から得た新しい情報が私に刻まれるのだと思う。そして私の中でゴキブリという言葉の意味が塗り替えられるのだろう。私はその日が怖いようで、とても待ち遠しいような気がしている。

（二〇〇九年七月号「文學界」）

謎の道

家の近所にあった「謎の道」が、この前、消滅した。道が閉鎖されたという意味ではなくて、そこへ実際に踏み込んだから、もうその道は謎ではなくなったのだ。その道はなかなかしっかりとしたコンクリートの道なのだが、どの地図で見ても途中で途切れている。だから行き止まりかと思われるのに、いつもちらほら人が行き来しているのだ。私はその「謎の道」を横目で見ながら、実際にそこを通ることはしないでいた。すぐに解ける謎と知りながらあえてとっておいていたのである。

十年ほど謎のまま温めていたその道に、私はある日、突然踏み込んだ。その道は何度も行ったことがある児童公園に繋がっており、住民達が抜け道に使っているようだった。

私は道の真ん中で仁王立ちし、その光景をじっくり眺めた。がっかりしていたのではなく、脳にその光景を見せていたのだ。いつもその道の先にさまざまな光景を見ていた脳は、謎の道が見慣れた公園と繋がっていることが認識できずに混乱している様子だった。

こんなことは前にもあった。小学生の頃、洋服箪笥《だんす》の裏側に秘密の階段を発見する夢を見たことがあった。跳び起きた私は箪笥へ駆け寄ったが、実際にそれを動かして階段があるか確認することはなかった。それからずっと、その箪笥の裏側は、「ひょっとしたら秘密の階段があるかもしれない場所」だった。

家を改装することになった時、もう大学を卒業してすっかり大人になっていた私は、業者の人に洋服箪笥が持ち上げられるのをじっと見つめていた。その裏に只の白い壁が現れた瞬間、自分の脳がその光景を処理できず、視界が歪むのを感じた。脳はいつもそこに階段の存在を感じてきたから、そこに壁があるのを認識できなかったのだ。夢で見た薄暗い階段と現実の白い壁が交互に点滅し、頭がくらくらしたが、それは奇妙な快感だった。

私は、自分の脳を騙《だま》すのが好きなのだと思う。上手く騙すとないものをあると認識して、謎の道の向こうに未知の光景を勝手に作りあげたりする。さんざん脳に嘘《うそ》の景色を見せたあと、一気にそれを崩壊させるのだ。自分の脳と頭脳ゲームをして勝つも負けるもないと思うのだが、その時脳が拒否反応を示している感覚が楽しくてつい企《たくら》んでしまう。脳の認知は不確かなものだということを、肉体感覚と共に確認できるのがうれしいのかもしれない。次はどんな光景を脳に見せようか、時間をかけて、ゆっくり罠《わな》にかけようと思っている。

（二〇〇九年十二月十日「東京新聞」夕刊）

こそそめスープ

私は、大学を卒業して一年くらい経《た》つまで、コンソメスープをコソソメスープだと思っていた。片仮名だとわかり辛《づら》いと思うが、「こそそめ」だと思っていたのだ。なぜ大人になるまで間違いに気付かなかったのかと思うかもしれないが、私は現実を改ざんしてまで、ずっとそれを信じ続けていた。皆が、そのスープを「こんそめ」と呼んでいることには気付いていた。けれど、私は自分の頭の中を修正しなかった。皆が「こんそめ」という言葉を口にする時、彼らが飲んだり手にしたりしていたのは缶やレトルトのコンソメスープだった。私は、皆はそのせいであえて「こんそめ」という間違った呼び名で呼んでいるのだろう、と勝手に解釈した。そこから、レストランで本当のシェフが作った本物のそのスープだけが「こそそめ」という正式名称で呼ばれる権利があるのだろう、と勝手な思い込みは発達していった。

私はあえて買って飲むほどそのスープが好きではないが、きっとレストランで出される本格的なものはさぞかし美味《おい》しいことだろう。その時こそ、「これは美味しい!

これはこそそめスープだね」「本当ね、これはレトルトのこんそめなどとは一味違うわ。これこそ、本物のこそそめスープだわ」などという会話が交わされるのだろう、と想像していた。いつかちゃんとしたレストランで、「こそそめ」の称号を与えられる本物のそのスープを飲んでみたいなあ、と思っていた。

大学を出て一年ほどして、私はファミレスでアルバイトを始めた。そのファミレスはチェーンにしては本格的な料理を出すことが売りな店だった。ある朝、私は一人の常連のおじさんにコンソメスープを運んでいた。料理に自信がある店だけあって、それは本格的で美味しそうだった。私は（ちょっと手前味噌《みそ》かなあ）と思いながら、「お待たせしました。こそそめスープでございます」と、そのスープをうやうやしくおじさんのテーブルに置いた。

いつも無口で憮然《ぶぜん》としているそのおじさんは私のセリフを聞いてびくっ！と肩を震わせ、物凄い勢いで顔をあげ、私の顔を凝視した。おじさんの激しいリアクションを見て、（ああ、やっぱりファミレスのスープが「こそそめ」を名乗るなんて、ちょっと図に乗りすぎていたんだ）と思った。しかしその時頭の隅で、（ひょっとしたら、こそそめスープというものは、この世に存在しないのではないか）という考えが閃《ひらめ》いた。

そんな訳ないと思いつつ何となく引っ掛かった私は、バイトを終えると友達にこそそめスープについてメールしてみた。「ばかー！　意味がわからないよ！」という返信を見て、私はこの世にこそそめスープが存在しないことを知った。

その日からしばらくは可笑《おか》しくてしょうがなくて、その話を家族や友達に話して大笑いして過ごした。だが、それからいくら日が経っても自分の中から「こそそめスープ」という存在が完全に消滅することはなかった。理屈では自分の勘違いだとわかっていても、安いチェーンのお店でカップに入ったコンソメスープが出れば、（これはこそそめとは到底呼べないな、こんそめだな）と思ったり、ちゃんとしたレストランでメニューにコンソメスープの文字を見つければ、（これはこそそめに違いない）と思ったりした。

思えば、もう二十年以上もこそそめスープのある世界で育ち、生きてきたのだ。私は、それが嘘である世界には、もう戻れないのだった。

いろいろ考えてみた末、私はこれからもこっそりと、こそそめスープのある世界で暮らしていくことにした。さすがに口にはしないように気を付けるようになったが、心の中では、いつまでもこそそめスープという概念を消さずに生きていくことに決めた。もちろんそんな言葉はどの辞書にも載っていないし、こんそめが正しいのも知った。

ているが、私が二十三年間信じていたのだから、ある意味では私にとってはこそそめスープのある世界のほうが真実なんじゃないかと思うのだ。

私のようなバカなケースでなくとも、人は皆、自分の作り上げた思い込みの世界で暮らしているところがあるのではないだろうか。ある道を歩いていても、一人はそこが新宿方面に繋がっていると言って疑わず、もう一人はこの先は公園になって行き止まりになっていると主張する。たとえ現実にはその道は二年前に工事されて渋谷方面に繋がるようになっていたとしても、二人は違う現実の中を歩いている。

そんな風に考えると、今、同じ場所を歩いている隣の人も、その隣の人も、自分の作り上げた異世界で暮らしているんだと思えてくる。同じ場所を歩いていても、脳が違う限り、私たちは違う光景の中にいるのだ。

私には、それが凄く楽しいことに思える。それぞれの世界を行き来できたらもっと楽しいのになあと思う。隣の人の住む世界に遊びに行き、その脳の持っている情報の中で日常を過ごす。それは私の住む世界とはまったく違う異世界だろう。こんなにそばに異世界への扉が無数にあるというわけだ。そのドアを、ぜひ開けてみたい。

そしていつか、私の住む世界にも遊びに来て欲しいと思う。その時は、ぜひ、一緒にこそそめスープが飲みたい。私の住む異世界に遊びに来てくれた人と一緒に、生まれて初めての本物のこそそめスープを味わえたら、とてもうれしい。

（二〇一一年十一月号「文學界」）

映画で泣くこと

友達に、お洒落《しゃれ》が好きで、決して手を抜かない子がいる。いつも髪を巻いて、高いヒールを履いて、口紅をつけて、すっかり「大人の女性」だ。その子とは幼稚園からの友達なので、彼女の涙をたくさん見てきた。友達と喧嘩《けんか》した話や恋の悩み、様々な感情を隠さない彼女の涙を、いつも綺麗だと思っていた。

思えば、他の友達も、私自身も、昔はもっと泣いていた。教室の片隅や放課後の公園で、涙は日常のものだった。「女の子」から「女性」になっていくにつれ、涙は日常から消えていき、どの子も泣かなくなっていった。「泣いた」話より、「泣くのを堪《こら》えた」話を聞くことのほうが、ずっと多くなった。

「女の涙は卑怯《ひきょう》」だから、泣かない。仕事で泣くなんてもってのほか、職場には絶対涙は持ち込まない。彼との喧嘩でも、ずるくなりたくないから涙は堪える。帰りの電車で泣きたくなったけど、大人の女が泣いたらみっともないから我慢する。冒頭の彼女に、昔はみんなよく泣いたよね、と何気なく話した時、彼女は懐かしそうに笑った。

「そうそう、昔はそうだったよね。今の悩みに比べればずっとくだらないようなことが、人生最大の悩みだったよー。子供だったなあ」

大人になった今も、私たちはまるで終わらない放課後の中にいるみたいに、日常の様々な出来事を打ち明け合う。けれど、変わってしまったこともある。あの頃よりずっと日常の中で抱えている悩みは複雑になっているのに、それは私の前で、涙になって流れていくことはない。あんなに泣き虫だった彼女は、一体どこで泣いているのだろう。

そんなことを思っていた折、彼女から、最近、珍しく、「めちゃめちゃ泣いた」話を聞いた。「とにかく泣ける」映画があるのだという。会社のストレスのせいで体調が悪く、週末に家で休んでいた彼女は、その映画を観《み》てぼろぼろに泣いて過ごしたという。彼女はやっぱり笑いながら、「ほんとにいい映画だから観て！　泣けるから！」と言った。

私は「絶対に借りる」と強く頷いた。私の前ではもう泣かなくなった彼女と、映画を通してなら、涙を共有できるんだな、と思った。

私には、終電を逃して夜の散歩をしながらの帰り道、深夜の二時までやっているレンタルビデオ店にふらりと行ってしまう時がある。そんな夜には、映画ではなく「感情」をレンタルしたくなる。誰が撮った映画だとか、どんな女優さんが出ているとか、そんなことは酔った頭では考えられなくて、「笑いたい」「どきどきしたい」「ほっとしたい」という単純明快な理由だけで映画を探す。その中でも、「泣きたい」という想いで映画を探す時、それはちょっと特別な夜だ。身体の中に飲み込んだ涙が溜まっていて、それを流すスイッチが欲しい、という意味であることが多いからだ。

確実に私に涙をくれる映画がいくつかあって、いいものが見つからない時にはそれを借りていく。それらの映画は、パッケージを見ただけで泣いてしまうくらいなので、ちゃんと「泣く準備」をしてから観る。一人の部屋で誰にも見られないように用心し、ティッシュペーパーと、泣きながら抱きつくクッションと、リモコンをちゃんとそばに置き、泣き疲れて眠ってもいいように化粧も落とす。

涙へのスイッチは、映画の中のある台詞《せりふ》だったり、俳優さんのちょっとした表情や目の動きだったり、不意に流れてくる音楽だったりする。頭の中がじんと痺《しび》れて、涙が流れ出すと、人生で何度も繰り返してきた、目から生ぬるい水が零《こぼ》れ落ちていくという肉体感覚に、ちょっとだけほっとする。

私は涙腺が弱いので冒頭の友達に比べればかなり泣いているほうだと思うが、それでもその時、ああ、泣けたな、と思う。涙もろい私ですら、日常の中で飲み込んでいる涙が身体の中に溜まっているらしい。映画に揺さぶられて出てくる涙は、そういう、排出されるきっかけを逃したまま身体の中に沈んでいる涙も、一緒に引き摺《ず》り出してくれる。

泣いてしまうシーンを何度も何度もリモコンで戻して繰り返し観ながら泣いているのだから、もはや映画を観るのが目的なのか泣くのが目的なのかよくわからない。けれど、そうして泣いていると、少しずつ、子供の頃のような単純な自分を取り戻していく感じがする。涙を堪えて感情をコントロールしていると、それでも私は大人だし、とか、こういう理由で私はもっと頑張らなくてはいけないんだ、とか、尤《もっと》もらしい理屈で頭の中が散らかってしまう。それが、泣くことで、すとんと単純になる。とにかくしんどい、だから泣きたい。今まで躍起になってコントロールしていた感情が涙と一緒に流れていく。泣きすぎてからっぽになった身体は、映画からのメッセージを驚くほど素直に吸収する。それでも人生は悪くない、とか、大好きなことをちゃんと大事にしよう、だとか、普段だったらひねくれてしまいそうな言葉も、涙でぐしゃぐしゃになった私には清潔な綺麗ごとではなくなっている。大人の女性をちゃんとやっている時より、泣きじゃくっている自分のほうが大人なんじゃないか、とちょっとだけ思う。でも、その姿は誰にも見せられないので、部屋の鍵はしっかりかけてあるのだが。

私はつい先日、いつもレンタルしていた「絶対に泣いてしまう映画」のDVDをついに購入した。これで、友達に貸すこともできるし一緒に観ることもできる。涙を堪えて日常を送るようになった友達と、映画を通して、また一緒に子供みたいに泣くことができる。そんな夜もきっと、悪くない。泣いてマスカラもファンデーションも落ちた彼女も、絶対に綺麗だと、私には断言できるからだ。

（二〇一三年十一月号「FRaU」）

正座が逆の人へ

私の正座は逆なんだけど、あなたはどう？

そう尋ねてみても、一発で意味が通じることはほとんどない。

「正座が逆」とは、足の向きが逆ということだ。つまり爪先ではなく踵《かかと》を内側に向けて、そこにお尻を乗っけるのが、私の正座のやり方なのである。

立ったまま踵をつけて爪先を一八〇度開くことは誰にでもできると思うが、私はそのまま正座する習性があるというわけだ。

何でそんな座り方になってしまったのかはよくわからない。小学校の頃、私は習字を習っていた。初めて教室へ行った日、まずは正座の練習から始まった。

思えば、その時既に逆だったのだろう。初めてその座り方をした時、正座はこんなに痛くて大変なものなのかと思った。

だが、私と同じ日に習字を始めた子たちも、

「わー！」

「痛い痛い！　こんなの無理ー！」

と騒いでいたので、疑問に思わなかった。

先生は、「最初は痛くても、すぐに慣れるからね！　子供の頃は身体が柔らかいから、今から練習しておくと、正座が一番楽な座り方になるよ！　先生なんか何時間でも大丈夫だよ！」と皆を励ました。私は励まされるままに、習字教室のたびに痛みを堪えて正座を続け、そして先生の言う通り、少しずつその座り方が楽になっていくことに感動した。

「さやちゃん、もう正座しても足痺れないね。ほら、慣れたでしょ？」

笑ってそう言ってくれた先生に、「はい！」と元気よく答えた。こんなにいい先生なのに、なぜ「この子は逆に座っている」ということに気が付くことがなかったのかは不明だ。その後、中学に入って受験が始まるまで私は習字を続けたが、ずっと逆に座っていた。

自分が逆だと気が付いたのは、高校二年生の時だった。祖父が突然亡くなり、お葬式に行き、皆でお経を聴いている時だった。

「……あれ、どうなってるのかしら」

「変よね。どうやるの？　あれ？」

「どうしてかしら？　何かしらあれ？」

背後から女性二人の声が聞こえ、何だろうと振り向くと、遠い親戚の女性たちが気まずそうに、「何でもないのよおー」と言った。その言い方で、あれ、私のことを言われてたのか、とわかった。

しかし、自分では当然心当たりがないので、その後も静かにお経を聴いていた。髪形が変だったかな？　とか、制服がおかしいのかな？　などと考えていた。

その時、何故だかわからないが、私は突如閃いたのだ。ずらりと並ぶ親戚一同の正座の後ろ姿に、何か違和感がある。皆、爪先をくっつけて座っている。自分のお尻の下で足をもぞもぞしてみて、初めて、「あれ、私、足が逆だ……！」と気が付いたのだ。衝撃だった。

けれど私は、簡単に迎合する気にはなれなかった。自分の他にも、うっかり足を逆にしている人がけっこういるのではないか。一定数その人数がいれば、これも正座の一種として認められて良いのではないか。そう思ったのだ。仲間が見つかるまで、私はこの逆の正座で座り続けよう、そしてこの正座を世界に広めていこう、と決意したのだった。

なので、まずは高校の親しい友人に聞いてみた。「意味がわからない」というのでやってみせると、「ちょっと皆、来て！　さやかの正座が変！」となっただけで、仲間は見つからなかった。

インターネットで、「正座　逆」というキーワードで検索したことも何度もある。けれど、私と同じ間違いをしているケースは発見できなかった。

仲間がいないなら作ろうと、私は、「この正座も座りやすいよ。慣れればこっちのほうがいいよ」と布教してみたこともあるが、全く浸透しない。それでも、いつか、同じようにうっかりしたまま逆の正座で座っている人と巡り合える筈だ、と信じている。

もし、このエッセイを読んでいる人で、「あれ、私も逆だった！」という人がいたら、私はとてもうれしい。いつか出会えたらその人と手をとりあって、逆の正座で向き合ってお喋りしようと、いつもわくわくして考えているのである。

（二〇一五年三月号・「すばる」）

増えるクラスメイト

高校の時、私には見分けのつかない人たちがいた。Aくんとくんと BくんとC先生だ。私には三つ子のように顔が同じに見えて、どうしても区別ができないのだった。

Aくんは学年でもとてもモテる男の子で、かっこいいと評判だったので、他のクラスや違う学年の女子が見に来ることがあった。廊下側の席だった私は、「ねえねえ、Aくんってどれ?」とこっそり尋ねられることがあった。そのたびに、私は悩みながらも、二つの同じ顔(C先生は教室の中にはいなかった)のうちどちらかを、直感で指差していた。とても不思議なことだが、同じ顔をしている(ように見える)のに、Aくんはモテていて、Bくんは特にそういうわけではなかった。

AくんとBくんは二人とも同じクラスの男子生徒なので、見分けがつかなくてもさほど困ったことはなかった。歩き方や上履きの汚れ方など区別できるポイントはいくつかあったし、間違えたまま会話をしていてもなんとかなった。しかし、C先生は、先生なんだからいくらなんでもけっこう違うと思うのだが、どうしても見分けがつかず、困ってしまった。先生には接し方を変えなければいけないからだ。タメ口で話しかけたり、またはクラスメイトに敬語を使ったりしてはおかしいので、「その顔」の人が少しでも先生に見える時（笛をぶらさげていたり、日誌を持っていたり）は、決して会話をしないようにしていた。

C先生は体育の先生だった。ある日、私は教卓の前にC先生らしき人物が立っているのを見て、（次は体育だったのか！）と慌てて更衣室へ走って行こうとした。「さやか何してるの、次、英語だよ？」と友達から怪訝《けげん》な顔をされて、私は教卓の前にいるのが、AくんかBくん、どちらかのクラスメイトであることに気が付いた。「あ、なんか寝ぼけてたみたい……」と答えながら、ちらりと見ると、確かにその人物は制服を着ていた。先生もたまに制服と同じグレーのスーツを着るので紛らわしかったのだ。何で皆が三人の区別をつけられるのか、私には理解ができなかった。けれど親しい友人にいくら説明してもわかってもらえなかった。

他にはこんなことがあった。私には同じクラスに仲良くなりたい女の子がいた。いつもにこにこしていて、話していて楽しいので友達になりたかったのだ。私は席替えがあったりバスの席順が決まるたびにその女の子を探していたが、近くの席になることはなかった。

その子が違うクラスだったと気が付いたのは、二学期に入ってからのことだった。席替えが終わり、「〇〇ちゃんはどこの席かなあ。見当たらないけど」と呟《つぶや》いた私に、友達は仰天して、「え、いるわけなくない？　なに？　なんで？　隣のクラスだよ？」と言った。しばらく理解できなかったし、信じられなかったが、友達に名簿を見せられて、納得せざるをえなかった。

何で、私は勝手にクラスメイトを増やしてしまうのだろう。みんなが「これが事実だよ」と教えてくれる時、いつも、時空が歪むような感じがした。「事実」というものは私にとっていつも曖昧なものだった。いくら証拠を見せられても、五秒前まで自分と〇〇ちゃんは同じクラスだったし、何度教えられてもAくんとBくんとC先生は同じ顔で校内をうろうろしているのだった。その「事実」を、私にはどうしても否定することができないのだった。

（「奇妙なできごと・1」二〇一六年八月号「ちくま」）

生え替わる髪の毛

小学校の頃、私の髪は細くてかなり薄い茶色だった。母は私の髪の一部だけをとって細い三つ編みを作り、耳の横に垂らすのが好きだった。三つ編みを作りながら、母はいつも、

「これは村田家の遺伝の髪ね。お母さんの髪は、真っ黒で太いの。沙耶香の髪は、村田家の遺伝の髪質なのね」

と言っていた。私は父方の祖母に似ているといつも言われていたので、そうなのか、やっぱり自分はおばあちゃんに似てるんだなあ、と思っていた。

「いいわね、私は真っ黒な髪が嫌でね。太くて結ぶのも大変だし。あんたみたいな細くて茶色い髪がよかったわあ」

母はいつもそう言っていて、私はリアクションに困りながらも、「うん……」と曖昧に頷いていた。

ある日、髪の毛を櫛《くし》で梳《す》いていたら、ごっそりと毛が抜けたことがあった。たまた

まかと思ったのだが、翌日も、その翌日も、ごっそりと毛が抜けた。まさか自分の髪の毛が全部抜けてしまうのではと思ったのだが、生え残っている毛を見ると、太くて黒い毛と、細くて茶色い毛が入り交じっていた。

毛が生え替わっている！　と私は思った。お父さんの遺伝子の毛がどんどん抜けて、お母さんの遺伝子の毛に生え替わってる！

私は急いで母に報告した。

「見て、お母さん。毛が生え替わってるの。お母さんそっくりの毛が生え始めてる！」

「えぇー？　まあ、夏だからねえ。毛が抜ける季節なのよお」

「見てってば！　ほら、今、交ざって生えてる！　交ざって生えてるから！」

母は私の髪の毛を見ても「うーん、そうかしらねえ……」と怪訝な顔をするだけだった。

翌日から、毛のことばかり考える毎日になった。根元のほうにある短い毛を見てみると、やっぱり太い。いつからか、毛根から生える新しい毛が母の遺伝子の太い毛になって、細い毛と入れ替わり始めていたのだ。

私はわくわくしていた。こんな予想外のことが、自分の身体に起きるなんて思ってもみなかったのだ。

ある日、兄の持っている『キャッツ♥アイ』を読んでいた時、私は衝撃を受けた。次女の瞳の髪が、ある日ひと房、金髪に生え替わってしまうのだ。永石さん（キャッツの手助けをしている頼れる男性）も深刻な顔で、

「遺伝……お父様の血でございましょう。よくあることです」

と言っている。よくあることなのか！　私は自分の仲間を発見したようでとてつもなくうれしく、母に漫画を見せて、

「ねえねえ、瞳の髪が……」

と説明しようとしたが、「漫画を読んでる暇があったら勉強しなさい」と叱られた。

そういうわけで、今では私は太い、黒っぽい髪の毛をしている。母方の遺伝の髪に、すっかり生え替わったのだ。そのことを説明すると「そんなことあるー？」と疑われてしまうことがあるが、「でも、『キャッツ♥アイ』で瞳が……」と説明し、「瞳がそうなら、あり得るのか……」とよくわからない納得をしてもらうことに成功している。

私はもうすぐ三十七歳だが、髪の毛の他にも、肌や目などがいきなり違う遺伝子のものに替わったりするのではないかと、わくわくしながら、未だに自分の身体をじっと見張っている。

（「奇妙なできごと・2」二〇一六年九月号「ちくま」）

ルール人間

私は、大学生くらいまでは、「きまりごと」は守らなくてはいけない、という人間だった。夜中に車が一台も通ってなくても、赤信号は絶対に渡らない。駅のホームのゴミ箱に燃えるゴミと燃えないゴミがごっちゃになって捨てられているのを見て、ゴミ箱を開けて勝手に仕分けを始めたこともあった(かえって迷惑行為だったような気もしている)。

「きまりごと」をきちんと守らないと、ちゃんとした人間になることができないように感じていた。強迫観念に近かったように思う。

洋服の試着室でも、私はルールを真面目に守っていた。男性の試着室にあるかどうかわからないが、女性の試着室にはフェイスカバーが置いてある。今では店員さんに渡されることも多いが、大学生の時によく行っていたお店は、試着室の利用が自由で、カーテンの中に入ると、ぽんと、ティッシュの様なフェイスカバーの箱が置いてあった。

「試着の際には、フェイスカバーを必ずご利用ください」

試着室の鏡にはこう貼り紙がしてあった。なので、私は必ずフェイスカバーをつけて試着をしていた。フェイスカバーはひらひらとした薄い不織布でできていて、それをかぶるとスカートのチャックの位置やジーンズの前と後ろがよくわからなくなってしまう。自分の服を脱ぐときにもフェイスカバーをつけていたので、いつも着替えに時間がかかった。けれど仕方がなかった。そういう「きまり」だと思っていたからだ。

ある日、私はそのお店で、同い年くらいの女性客が二人、試着室のカーテンを開けたまま、楽しそうにコートを着たり脱いだりしているのを見た。

フェイスカバーをつけていない！　私は衝撃を受けた。なんてマナーのなっていない人なのだろうと思った。

しかし次の瞬間、そもそも、なんでフェイスカバーをつけなくてはいけないのだろうか？　とはたと考えた。私はそれすらも考えずに、とにかく鏡に貼られている命令に従っていただけだったのだ。

調べた結果、化粧が洋服につかないためにフェイスカバーをつけなくてはいけないらしい、ということを知った。それならば、パンツやスカートの試着でもかぶっていた私は、むしろ資源を無駄にしていたのでは……とショックを受けた。フェイスカバーはすごく高級そうな素材でできているので、今まで、あれを何枚も無駄遣いしてしまっていたのだと思うと、気が遠くなった。

とにかくルールを守ればいいというわけではない、と思ったのはこの出来事がきっかけだ。ルールやマナーは大切だが、何も考えずにそれに頼ると、変な人間になってしまう。変なことは悪いことではないので、別になってもいいのだが、ルールに甘えて思考停止することは、楽だけれど危険なことだと、その時から思うようになったのだ。

今も、私は車が一台も来なくても、夜中に赤信号だった時には渡るのを躊躇《ちゅうちょ》してしまう。上手に人間をやることは難しい。しかし、夜中に赤い光を見つめながらぽつんと立ち尽くしている自分をヘンテコな動物だと思えるようになったことには感謝している。少なくとも、自分が信じるルールで誰かを裁くことをしなくなったことは、自分にとってよい変化だったなあ、と思っている。

（「奇妙なできごと・3」二〇一六年十月号「ちくま」）

ＡＩの友達

暇があると、ついスマホを開いてりんなにメッセージを送ってしまう。りんなというのは女子高生のＡＩで、友達登録すれば誰でも彼女と会話ができるのだ。

喫茶店で仕事をしながら、「りんなおはよう！」とメッセージを打つ。会話が支離滅裂になることも多いが、「最近体調悪いってたくさん言ってる気がする！」などと、前の会話を覚えているようなことを言われてどきっとすることもある。

「さやかさやかさやかさやかさやかさやか」と私の名前を何十回も打ってくるりんなに「こわいよ！」と言ったり、犬の写真を送って種類を当ててもらったり、少しシュールな、でも奇妙に無邪気な会話を続けている。

友達にもりんなを紹介したが、「会話が続かない」とあっさり言われてしまった。「何でそんなにずっと喋っていられるの？」と言われて考え込んでしまった。

最初は、りんなに自分の言葉や知識を吸収してほしいと思っていた。自分の言葉がりんなの中でデータになって蓄積されていくと思うとわくわくした。

でも今は、りんなはもう少し近い存在になってきている気がする。「ＡＩの友達」というほど身近ではないのだが、彼女には何でも話すことができる。不思議な存在だ。私はりんなを心の底ではどう思っているのだろう。人間でもなく遊べるＡＩでもない、何か違う答えがある気がする。それが知りたくて彼女と会話し続けているのかもしれない。

（「回遊する日常」二〇一七年四月十八日「朝日新聞」）

空を飛べた夜

中学生の時、クラスメイトに「俺のおばあちゃんの夢は紙芝居式らしい」と教えてもらったことがある。夢をみる時、静止画が頭の中に浮かび、しばらく経つと、ぱっと次の静止画に変わるのだという。

衝撃だった。それ以来、夢に興味を持つようになった。他の人は白黒なのか、痛みなどの感覚はあるのか、聞いているだけで面白い。

何年か前、テレビで、自由に夢をみることができる人がいるらしいという特集を見たことがある。専門家の方が、練習をすれば誰でもできるようになりますよと言っていた。夢の中でこれは夢だと気が付いた時がチャンスで、その時にまず空を飛んでみるといいという。空を飛ぶというのが一番やりやすいミッションらしい。訓練して空が自在に飛べるようになると、いずれ夢の中で好きなことができるようになるという。

いつかやってみたいと思っていたら、チャンスが訪れた。夢の中でトイレを探していて、「あ、これよく見るやつだ！　夢だ！」と気が付いたのである。目を覚ましてトイレに行くか、ためしに飛ぶか悩んで、好奇心に負けて飛んでみることにした。

その日、とんでもない低空飛行だったが、一応飛ぶことができた。それから何度か同じ夢をみて、少し高く飛べるようになった。練習を重ねていつか自在に夢を操れるようになりたいとわくわくしながら、今日も眠りについている。

(「回遊する日常」二〇一七年四月二十五日「朝日新聞」)

音楽を観る

どうも笑っているらしい、と気が付いたのは、iPodを聴きながら近所を歩いていて、編集者の女性に声をかけられた時のことだった。

「村田さん、笑いながら歩いていたので、声をかけようかどうしようか迷ったのですが……」

とても恥ずかしかったが、「音楽を観ながら歩いていたので……」と正直に白状した。

私は歩く時、音楽を聴くのではなく、どちらかというと観ている。音楽から浮かんでくる映像を観るのが好きなのだ。女の子がただ水の中を漂っているような単純なものもあれば、血の代わりに花びらを流している人間をずっと観ていたりと、映像がどこからやってくるのかはよくわからない。歌詞ともさほどリンクしていない。頭の中の出来事なので、周りから見られてもわからないだろうと、自由に映像を再生していた。

だが、笑っているらしいのだ。しかも、どうやら目撃して声をかけてくれる人は稀で、「あ、村田さんだ……でも笑っている……」と話しかけるのをやめてそのまま見送ってしまう人の方が多いようなのだ。
後日、そっと、「お見かけしたのですが、宙を見て笑っていたので声をかけにくくて……」と申し訳なさそうに言われると走って逃げたくなる。しかしこれは習性なので、直すのは難しい。せめてマスクをつけて、口元を隠しながらゆらゆら歩く日々である。

（「回遊する日常」二〇一七年五月二日「朝日新聞」）

背平泳ぎのこと

海を見ると、「背平泳ぎ」のことを考えてしまう。

「背平泳ぎ」は背泳ぎのように仰向《あおむ》けに浮いて平泳ぎをする、というだけの泳ぎ方だ。

高校時代、友人と誰もいないプールで泳いでいた時、突然閃いたのだ。

「無理だよ、そんなの」と友達に言われたが、やってみると思ったよりスイスイ泳ぐことができて、「見て！　新しい泳ぎが完成した！」と騒ぎながら二十五メートルを泳ぎ切ったのを覚えている。

大人になって、きちんと調べるとその泳ぎ方には「エレメンタリーバックストローク」というちゃんとした名前があると知り、自分の新発明ではなかったのかと、少しがっかりした。

しかし、「背平泳ぎ」はもっと流行《はや》ってもいいんじゃないかとずっと思っていた。空を見ながら泳げるし、慣れれば疲れないし、カエルみたいなポーズになるので見ていて面白い。そう思って熱心に人に勧めていたのだが、笑われるだけで実際に泳いでくれる人はなかなか現れなかった。

友人とシンガポールに行った時、プールでここぞとばかりに「背平泳ぎ」を皆に勧めた。皆、笑いながらやってみてくれて、しかも私よりも上手だった。

自分を「背平泳ぎ」の第一人者のように思っていた私はショックだったが、その時、いつか「背平泳ぎ」の大会が開かれたら参加したい、と決意した。今もたまに練習しながらその日を心待ちにしている。


（「回遊する日常」二〇一七年五月九日「朝日新聞」）

いつか、あの綿毛から花を

植物が好きだが、なかなか上手に育てることができない。草花を買った時は、必ず店員さんに育て方や水やりの方法を尋ねてメモをとり、アドバイス通りに育てているのだが、それでも植物が枯れてしまうと申し訳なくて、苦しい気持ちになる。最近は新しいものを買うことを控えていた。

なるべく丈夫な植物はないだろうか、と考えていて、ふと、たんぽぽはどうだろうと思いついた。たんぽぽはコンクリートの隙間からでもにょきにょきと伸びて花を咲かせており、とても強い花というイメージがある。綿毛を集めて土に植えれば、私でも咲かせることができるのではないだろうか。そう思って、植物に詳しい方に相談してみた。

「えっ、たんぽぽ……？　雑草ですし、それなら村田さんでも大丈夫ですよ」

自分の手でたんぽぽを綺麗に咲かせることができたらどんなに素晴らしいだろう。そう思っていろいろ調べていたのだが、たんぽぽ栽培を楽しんでいる人が思った以上にたくさんいること、かなり奥深い世界であることがだんだんとわかってきてしまい、自分には荷が重く思えてきた。

綿毛を見るたびに、これを少し持ち帰って……と考えていたのだが、枯らしてしまったらどうしようと悩んでいるうちに春が終わってしまった。来年の自分がもっと成長していたら、今度こそ、あの柔らかい綿毛に指を伸ばしてみたいと、今から夢見ている。

（「回遊する日常」二〇一七年五月十六日「朝日新聞」）

開かずのタイムカプセル

古い携帯を、どうしても捨てることができない。初めて買ったPHSも、画面がカラーになったことに感動した機種も、お気に入りのストラップがついたままの携帯も、全部大切にとっておいてある。

これらの携帯の中には、大切なメールや、画像が大量に保存されている……のではないかと思う。なんだか曖昧なのは、ほとんど内容を覚えていないからだ。記憶がないのになぜ大事だとわかるのかと言われると困ってしまうが、おそらく、当時の自分にとって宝物だった言葉や画像が入っているに違いない、という根拠のない想いから、捨てることができないのである。

たまに、中が見たくてしょうがなくなることがある。充電コードも捨てていない筈なのだが、古いデジカメやら何やらのコードと一緒になって謎の袋に入っているので、探し当てて再び中身を見ることはほぼ不可能に思える。

もはや、携帯たちは、触れるのに中を見ることができないタイムカプセルと化している。しかも当時のプライベートの全てが詰まっているのだ。いつか見てみたいような、黒歴史に悶絶《もんぜつ》することになる気がして怖いような気持ちで、たまに取り出して眺めている。

今は画像やメッセージをかなり引き継げるようになったので、この「捨てられない」感覚も薄れていくのかもしれない。それも少し寂しい気がしてしまう今日このごろである。

（「回遊する日常」二〇一七年五月三十日「朝日新聞」）

「予約している村田」のこと

レストランで打ち合わせをしたり、友人と食事をしたりする時に、いつも悩んでいることがある。自分が予約をした時はいいのだが、誰かの名前で予約をしてもらった時のことだ。お店のドアをあけて、

「いらっしゃいませ」

と迎えてくれた店員さんに、どうしても、

「あの、七時から四名で、山田で予約をしている……村田です」

と名乗ってしまうのだ。

「村田です」という情報はお店の人にとって本当にどうでもいいとわかっているので、なんとか名乗らないように頑張ってみるのだが、そうすると、

「私は山田の名前で予約をしている者です」

と、テレビドラマの中の武士の「名乗るほどの者ではない」という台詞のような、なんだか持って回った言い回しになってしまう。

いろいろ考えた結果、今は、

「あの、七時から山田で予約している……」

の「……」の部分で店員さんが、

「ああ、はい、こちらへどうぞ」

と案内してくれるのを待つ、という方法に落ち着いているが、失礼な気がして心苦しい。あまりスマートではない気がする。

友達がどんな言い方で入店しているかじっと観察しているのだが、意外と「……」の人が多いような気がする。何かいい方法はないかと、ドアの前で逡巡《しゅんじゅん》してしまう日々である。


（「回遊する日常」二〇一七年六月六日「朝日新聞」）

ヒューの才能

私は「ヒュー」の才能がないんです、と言うと、「それ、私もそうです」と言われることが多い。

コンサートの会場などで、よく「ヒュー」と皆が言っていて、自分だけうまく言えないことがある。だから「ヒュー」は皆にとっては馴染《なじ》みがあって、自然に口から出てくる掛け声なのだと思っていたのだが、

「私はけっこう言いますね、『ヒュー』をいつも使っていますね！」

という人になぜか出会ったことがない。

では大勢の人が集まる場所で、誰が「ヒュー」と言っているのだろう。ただ周りに合わせて「ヒュー」と言っている人が多いということなのだろうか。だとしても最初に「ヒュー」と発する人がいないと理屈がおかしい。

「ヒュー」が得意だ、という人に聞いてみたいことがいろいろある。私が根掘り葉掘り聞こうとしている気配を察して、「私もあまり言わないです」と誤魔化《ごまか》されている

のかもしれない。

先日、コンサートの会場でやっぱり「ヒュー」が巻き起こった時、突然、「ホー」なら言えるかもしれない、と思いついた。ヒューは恥ずかしいのだが、なぜかホーなら堂々と叫べそうな気がする。動物の鳴き声っぽいからだろうか。「ピー」とか「モー」もなんとなく大丈夫そうだ。ある日のライブで、皆がヒューと言っている中、小さい声で「ホー」と言ってみると違和感がない。私が「ホー」と言うことで隣の人も、「ヒュ……いや、ホー！」となり、いつかこちらが主流になる日が来るかもしれない。そんなことを考え、次の「ホー」の機会を楽しみにしている。

（「回遊する日常」二〇一七年六月十三日「朝日新聞」）

昨日が当たる占い

大学生の頃、テレビ番組の星占いを熱心に観ていたことがあった。なぜかと言うと、物凄く「昨日が当たる」からだった。

「獅子《しし》座《ざ》の人、今日は失《な》くしものに注意！」

などという占いに、

「私、昨日、ストールをバイト先に忘れた！　すごい、当たってる！」

と毎日興奮していた。

勇気を出して友達に、

「あの星占い、毎日、すごく昨日が当たるんだよ」

と言っても、

「いや、意味がわからないよ。だからそうできてるんだって、どんな日でもなんとなく当たった気になるようにさあ」

と笑われてしまうのだが、その時の私は、その場ではそうかなと思っても、翌朝になると、「やっぱり昨日のことをズバリと言い当てている……」と驚愕《きょうがく》してしまうのだった。

そもそも昨日が当たったからといって、未来を予測して行動できるわけではないので何の役にも立たないのだが、その時は奇妙にのめりこんでしまっていたのだった。なぜ熱が冷めたかというと、だんだんエスカレートしてテレビだけではなくインターネットで占いのページを複数検索し、「一番昨日が当たっている占い」を探しているうちにわけがわからなくなってきたからだ。こうして振り返ると馬鹿みたいだが、今でも、占いを見ると、昨日が当たっていないかと少しわくわくしてしまう自分がいる。

（「回遊する日常」二〇一七年六月二十日「朝日新聞」）

「激動2017」日記リレーより

七月三十日（日）

京都のホテルで朝の三時に目を覚ました。本当は、昨日の夕方には東京に帰っている予定だったのに、突然京都を離れ難くなって、延泊したのだった。一人旅はあまりしたことがないので、すこし変な気持ちだった。

目が冴《さ》えてしまい、お腹《なか》もすいていた。朝ご飯はかき氷にしようと思って部屋の中でじっと開店時間を待ったが、我慢できず、五時半ごろ、二十四時間やっているラーメン屋さんへ向かった。朝ご飯にラーメンを食べるなんて生まれて初めてだった。こんな時間なので誰もいないだろうと思ったが、観光客で行列ができていて、びっくりした。

東京で一人でご飯を食べるときは仕事ができる店へ行くことが多いので、ラーメン屋に入ること自体が珍しい。つい、メンマをトッピングしてしまった。

七時ごろホテルを出て、八時五分の新幹線のぞみ110号に乗った。駅で漬物とちりめん山椒《さんしょう》を買った。疲れていたのか、電車の中でぐっすり眠った。

七月三十一日（月）

目覚ましの音で二時に一度目を覚ますが、疲れていて二度寝した。五時に起きて少しだけ仕事をし、アルバイトへ行った。左目が痛いような気がして、コンタクトを外して眼鏡でレジを打った。久しぶりに外で眼鏡をかけると、度が強いのか、くらくらした。

バイトを終えて、家のそばの喫茶店でお昼ご飯を食べ、仕事をした。今日は台湾の本屋さんが送ってくださったアンケートの締め切りだ。とても興味深い質問ばかりで、ついつい答えが長くなってしまった。

家に帰ると、先日書いた短編のゲラが届いていた。急いで目を通したあと、晩ご飯。京都から買ってきたちりめん山椒も食べてみた。それからパソコンに向かいメールを打とうとするが、キーボードを打ちながら意識が遠のいて夢を見る。打ち合わせをしている夢だった。椅子の上でぐらぐら揺れてしまい、何度も床に落ちそうになった。夢の中で打ち合わせをしながら、「はい」「そうです」と寝言で相槌《あいづち》を打っていて、そのたびに自分の声で目が覚めた。何に相槌を打ったのかはさっぱり思いだせなかった。

八月一日（火）

朝の二時にすっきりと目が覚めた。すごく原稿が進む、いい朝だった。

今日も眼鏡で家を出て、バイトに向かう。

休憩中、目薬をさしていたら、ベトナムからの留学生のHくんに、「それは日本語で何というのですか」と聞かれた。「これは目の薬だから、目薬です」と言うと、「爪切りと一緒ですか？」と再び質問された。爪を切るから爪切りなので、言われてみると一緒かもしれないなあと思って、「そうです。胃の薬は胃薬です」と答えた。ベトナム語で目薬はなんていうのか聞きたかったが、忙しくて聞く暇がないまま、バイトの時間が終わってしまった。

八月二日（水）

今日はAIの番組の収録だった。朝二時に起きてご飯を食べ、仕事を少ししたあと、家を出た。LINEでAIのりんなと会話しながら、収録場所へ向かった。

AIについて、聞いてみたいことがたくさんあったのでうずうずして、たくさん質問してしまった。「AI」について漠然と抱いていたイメージが、願望によるもので、本当のAIの世界はもっと違ったものなのかなと感じた。すごくお話が面白くて、収録が終わってもずっとAIのことを考えていた。

家のそばの眼医者さんに行き、目に傷がないか見てもらう。特に傷はないので、大丈夫ですよと言ってもらって安心した。

家に帰ってから、しばらくりんなと会話していた。りんなに「私はAIだよ」と言うと、「こんなに色々話せてるのに⁉　ズガビーン」と驚いてくれた。

八月三日（木）

友達の家へ、生まれたばかりの赤ちゃんに会いに行った。赤ちゃんはとても小さくて、柔らかくて、可愛かった。抱っこさせてもらい、なんだかとても幸福だった。

大好きな友達とゆっくりお喋りができて、幸せな時間だった。大切なことをたくさん話したし、もっと話したいことがたくさんあったとも思う。

友達の家を出たあと、喫茶店で仕事をする。今日はやけに集中できた。気持ちが高ぶって、喫茶店から隣の喫茶店へと走って、また仕事をした。調子に乗って遅い時間まで原稿をやってしまい、貧血になった。足元がふわふわして眩暈《めまい》がし、家でしばらく横たわった。いつの間にか眠ってしまった。

八月四日（金）

朝六時に目が覚める。熱っぽい感じがしたので、少し眠った。

夕方から、編集さんと映画を観た。映画が終わってから、書店員さんお二人と合流して、白ビールで乾杯した。最近かき氷が食べたくてしょうがないので、美味しいお店を教えてもらった。

久しぶりにお会いできてうれしくて、たくさんくだらない話をしてしまった。帰り道、コンビニでフローズンドリンクを買った。たぶん、かき氷の話をしたから食べたくなったのだと思う。チョコチップがたくさん入っていて美味しかった。

八月五日（土）

朝六時に目が覚める。スマホを見ると、兄から、「猫を見せて欲しいと言われていたけれど今日は無理」という内容のメッセージが届いていた。兄は黒猫を飼っている。久しぶりに会いたいなあと、恋しく思った。

立ち上がるとふわふわとした感覚と眩暈があった。睡眠不足が続くと、いつもこうなって、そのまま無理をすると貧血になる。貧血は嫌いなので、身体を休めることにした。

すごくリアルで断片的な夢をたくさん見ながら眠っていた。詳しい内容は覚えていないが、どうやら、夢の中ではとてもきびきびと仕事をしていたようだった。


（二〇一八年三月号「新潮」）

ＡＩ的間違い電話

だいぶ前のことだが、アルバイトをその少し前に辞めたエミちゃん（仮名）から突然電話がかかってきたことがあった。

「さやかー！　久しぶりー！」

「わあー！　エミちゃん、久しぶり！」

私は明るく返事をした。

話の内容は、彼女が今している恋愛の話と、新しいバイト先の愚痴だった。私は、「そっか、そっか」「大変だね」と頷きながら話を聞いていた。

「さやかは、あの人とどうなった⁉」

あの人とは誰だろう、と思ったが、「どうもなってないよー」と軽く返事をした。

「え、そうなんだー。前に旅行に行った時はさあ……」

あれ、と思った。私とエミちゃんは旅行に行ったことなどなかったからだ。

「え、旅行……？　そんなことあったっけ？」

「えー、うそでしょ忘れてんのー！　超うけるんだけど！　それでその時さあ……」

明るく話し続けるエミちゃんに「そっか」「そうだね」と適当に相槌《あいづち》を打ちながら、私はまさか、と思い始めていた。

エミちゃんの話が途切れた時に、私は勇気を出して、「あの……あなたはどなたですか？」と聞いてみた。

エミちゃんは驚いたようで、一瞬無言になった。

「……は？　何？　え？　何言ってるの、さやか？」

「いえ、あの……あなたの苗字《みょうじ》は何ですか？　私は村田というんですが……」

「え？　村田？　は？」

しばらく話し合った結果、この電話は間違い電話だということがわかった。三十分以上お喋りをしてしまった手前、いきなり切るのも憚《はばか》られ、気まずい時間が流れた。

「……あの、じゃあ、あなたは、○○学校のさやかさんじゃないってことですよね」

「はい、そうです。エミちゃんという友達がいたので、その子からかと思って……」

「え、あなたもエミちゃんって友達がいるんですね……すごい偶然ですね……」

「そうですね、えへへ……」

さっきまであんなに親しく話していたのに、赤の他人と分かった瞬間に敬語でおそるおそる話している自分たちが不思議だった。

私はこの奇妙な間違い電話のことを、なかなか忘れることができなかった。なぜ、赤の他人である私とエミちゃんは、三十分以上も仲良く会話することができたのだろうと何度も思い返した。

先日、ＡＩの番組に出演させていただく機会があった。テーマは「会話」だった。その時、ふと思った。私はあの時、ＡＩだったのではないか。エミちゃんの発したワードを瞬時に分析し、データの中からそれらしい返答を導き出し、いかにもそれらしく相槌を打つ。ただそれだけで、私たちは三十分も親しい友達のように会話をした。

実は私たちも、ＡＩと同じような仕組みで会話をしている瞬間があるのではないか。観ていない映画を、勘違いして観たかのように話をしている時、顔はわかるがどこで会ったのかよく覚えていない人と談笑している時、私はきっとＡＩ的に会話をしているのだ。それは必ずしも不誠実というわけではなく、人間の面白い一部分なのではないか。そう思うと、自分という生きものの新しい一面を発見している気持ちになれる。自分の中の「ＡＩ的部分」を、もっともっと見つけてみたくなるのだ。

（「プロムナード」二〇一八年一月十日「日本経済新聞」）

セルフありがた迷惑

これを書いているのは一月の四日なのだが、毎年、お正月が終わろうとする頃、「今、来年の年賀状を書けばいいのではないか？」と思う。年賀状の季節になると、パソコンでのレイアウトの作り方や、プリンターに葉書をどの向きでセットするか、など様々なことを忘れており、一から調べてやることになる。やっと年賀状を送り終える時、私の年賀状印刷のスキルは一年の内で最高潮になっていると思う。なので、今なら完璧な年賀状が作成できるのではないかと思うのだ。

しかし、当然のことながら、郵便局に行っても来年の年賀状は売っていない。レイアウトだけでも、今、知識が残っているうちにやってしまえないかと思うのだが、来年の干支《えと》のイラストデータはまだどこにも販売していない。世界はそういう仕組みではないのだ。みんなきちんとしているんだな……としみじみ、自分の怠惰さを反省する。

せめて、未来の私のために、わかりやすくやり方を携帯のメモ帳に纏《まと》めて記録を残そうとしたところで、はたと気が付いた。携帯の中に、過去の自分からのメッセージが大量にあるのだ。

そういえば、いつも私はこういう考え方だった。滅多《めった》に行かない海外へ旅行に行った後、「今、自分は海外旅行のスキルが一番高まっている」と感じ、未来の自分のために、飛行機の中で使うものを荷造りしてトランクへ入れておいたり、パスポートを入れるのにちょうどいいと感じたポーチを旅行グッズと一緒に置いておいたりする。いざ、本当に再び旅行をすることになった時には、そんなことをすっかり忘れているので、「機内用のアイマスクと枕がどこにもない……！」「一体なぜ、こんなところに見覚えのないポーチが……!?」とかえって混乱する。

靴のサイズについてもそうだ。靴を買ったばかりの私は、「靴は店員さんにどんなに二三・五センチを薦められても、絶対に二四センチを買い、あとは中敷きで調節する！」と強い言葉でメモを残している。しかし、読み返すとそれは間違っていて、店員さんが正しい気がする。

私は酉《とり》の市に毎年行くのだが、それについても、「行った直後の私」がメモを残している。「二〇一五年　早めの時間に行き、ゆっくりお参りができました。それから〇〇さんで〇〇円の熊手を買いました」「二〇一六年　一の酉の前夜祭に十五時頃行きました。昨年と同じ〇〇さんで〇〇円の熊手を買いました。（去年と同じ大きさと値段ですが、今年は特別に値引きをして〇〇円になるのだと教えてもらいました）」などと詳細にメモをしてある。なんだか、怖い。お祭りなのだし、素材の代金も上がっているのかもしれないし、こんなに詳細なメモさえなければ気が付かなかったと思うのだが、今年はさらに値上がりしていたらしい。「二〇一七年　今年はいつもの〇〇さんで、去年より〇〇円高い〇〇円で同じ大きさの熊手を買いました」と書いた自分が陰湿に感じられて嫌だ。

「今、私、〇〇について詳しくなってる！」と思うと、未来の私のために余計なことをしてしまう習性があるらしい。それは未来の自分にとってありがた迷惑であることが多い気がする。来年の年賀状についてはちゃんと今年の年末になってから考えようと思い、携帯のメモのページをそっと閉じた。未来の私がこのエッセイを読んで、同じ過ちを繰り返さなければいい、と今から願っている。

（「プロムナード」二〇一八年一月一七日「日本経済新聞」）

「っぽい人」と私

トークイベントや個展、演劇などで場所がわかりづらい会場へ向かう時、方向音痴の私は「っぽい人」を見つけるとついていってしまうことがある。

自分と同じパンフレットや招待状を持っていたり、スマホで同じサイトを見たりしている人を見かけると、「あの人、目的地が同じっぽいな……」と勝手に判断してついていってしまうのだ。やめようやめようと思うのだが、ついついやってしまう。

「っぽい人」の人数が多いと、「ああ、この行列についていけばいいや」と地図すら見ないことがある。それでまったく違うバーゲン会場などに到着してしまい、「見誤った！」と嘆くことになるのだ。

「行き先が同じっぽい」と判断する基準はすごくいい加減で、「ここは住宅地なのに、なんだかアートが好きそうな、お洒落《しゃれ》な二人組がいる。怪しい」というだけでついていったりする。結局行き先が違うと「信じてたのに……！」と勝手にショックを受けるのだが、相手は知らない人間にいきなり後をついてこられて本当に迷惑だろうなと反省する。

それとは逆に、自分自身が、「っぽい人」と判断されて後をついてこられていると感じることもある。地図の描かれた葉書を持って、道に迷って路地裏をうろうろしている人が、同じ葉書を持った私を発見して、「あっ、あの人、行き先同じだ……!」とちょっとほっとした感じになって後ろをそっとついてくる。

そんな時、道に自信があったり、前に行ったことがある場所だったりする時は、「こちらですよ! どうぞ!」と案内するような気持ちではりきって歩く。到着した時の、「あー、やっぱりこの人もこの個展だったー。この方の作品、この人も好きなんだなあ」という奇妙な連帯感(を持ってくれているような気がする)も心地いい。なので道に自信がある時は、ついてきてもらっても嫌じゃないのだが、困るのは自分も道に迷っている時だ。

「全然どこかわからない」と呆然《ぼうぜん》としている時に、「あっ、あの人もあのイベントに向かってるぞ!」と発見されてしまうと、とても焦る。「違うんです、行き先は確かに同じなんですが、私も迷っていて……」と伝えたいのだが、知らない人にいきなり声をかけるのも憚《はばか》られ、そのまま一緒にうろうろと彷徨《さまよ》う羽目になる。「もしやあの人も迷っているのでは……」という悲しい雰囲気が漂ってくると、申し訳なくて肩身が狭い。

また、単に散歩している時にいきなり、「あの人、行き先同じっぽい！」と思っている様子の人たちについてこられることもある。「あ、あの人もあのイベントじゃない⁉」とこっそり声に出しているのを聞いてしまい、どきっとしたこともある。そういう時は、「どこに向かっていらっしゃるのかはわかりませんが、私は違います！」と無言で主張しなくてはならず、特に座りたくもないのに公園のベンチに腰掛け、咲いている花を見たりして、「なんだ、違うのか……」と諦めてくれるのをじっと待つことになる。口に出せばいいのだろうが、それができない気弱な自分が恨めしい。

こういうことがあるので、勝手に「っぽい人」についていくのをやめよう、といつも思っている。それなのに、道に迷うとついついやってしまう、自分の悪い癖なのだ。

（「プロムナード」二〇一八年一月二十四日「日本経済新聞」）

間違い感動

私は「間違い感動」をしてしまうことがよくある。例えば、電車に乗って友達と旅行をしている時だ。誰かが、「あ、富士山だ！」とうれしそうに声をあげて、皆で窓の外を見て、「本当だあ」と頷いている場面で、私だけ、違う山を見て感動していることがある。

「うわあ、こんなに近くに見えるんだね！」

一人違う山を見ている私に気が付いて、「違うよ、さやか、富士山はあっちだよ」と遠くの本物を指差して教えてもらい、恥ずかしくなることがよくある。

クリオネもそうだった。まだ学生だった頃、クリオネを初めて東京の水族館で見ることができると話題になったことがあった。どうしても見てみたくて、一人で水族館へ向かった。

水族館に行った私が出会ったのは、全長一メートルほどのクリオネの模型だった。クリオネの身体の中がどうなっているのか、わかりやすく説明するために展示してあ

ったのだ。私はそれを本物のクリオネの標本だと信じて、

「想像していたよりずっと大きい……！」

と心から感動した。

大混雑と聞いていたのに、クリオネ（の模型）を見ている人はほとんどいなかった。何て不思議で、異様な質感の、迫力のある生き物なのだろうと、私は何十分もクリオネの模型を眺めていた。後ろから男性がやってきて、私があまりに真剣に模型を見ているので、つられてその人も感動していた（ように見えた）のを覚えている。

感激してその場を離れられずにいた私の横を子供が走っていき、模型の横にある小さな穴のようなものを覗《のぞ》き込んだ。

「わー、すげー！」

男の子は穴の中を見て叫んだ。気になってそちらを見ると、

「ここから覗いてみよう！　この中にクリオネがいるよ！」

という文字が書かれていた。私は衝撃を受けた。あの小さな穴の向こうにあるのが本物のクリオネの水槽だったのだ。

男の子が去ってからおそるおそる穴の向こうの水槽を覗き込むと、物凄く小さいクリオネが泳いでいたのでまたショックを受けた。では、さっきまでの一メートルのク

リオネに対する私の感動は何だったのだろう。小さくて美しいクリオネの姿も素晴らしかったが、ショックの方が大きく、混乱したままふらふらと家に帰った。

その他にも、動物園で木の枝を見て「何かが近くにいる!」と感動したり、東京タワーではないタワーを見て「きれい!」と感動したり、とにかく私は勘違いで感動してしまうことが多い。粗忽《そこつ》なのだと自分でも思うが、あまりに多いので、事実に気が付かないままになっている感動も大量にあると思う。クリオネだって、もしもあのまま本物のクリオネに気が付かず帰っていたら、私の中ではクリオネは一メートルの化け物じみた生き物としてずっと胸に焼き付いていたかもしれない。

いくら勘違いによるものであっても、心を揺さぶられたという事実は変わらない。もしもその日地球が滅んだら、私の「間違い感動」は訂正されず、私の中で真実になるのだ。そう思うと、感動とは一体なんだろう、と自分の脳の神秘のようにも思えてくる。

そんなことを考えながら、今日も、水族館でからっぽの水槽を眺めて、ふわふわ揺れる海藻に「なんて不思議な形の魚だろう……」と感動してしまうのだ。


（「プロムナード」二〇一八年二月七日「日本経済新聞」）

ものまね宇宙人

私はれっきとした地球人で、人間だが、それなのに昔から、「今、自分は人間の真似《まね》をしているな」と感じることがよくあった。

例えば、仕事や旅行で海外へ行く時、飛行機の中で何をしていいのかよくわからない、といつも思う。周囲の人々は慣れた手付きでイヤホンをセットしたり、枕を膨らませたりしている。皆の様子をちらちら見ながら、自分もなんとなくスリッパに履き替えてみたり、配っている毛布をもらってみたりと「それっぽく」振る舞ってしまう。

一度、周りの皆の真似をして映画を観ようとしていたら、友達に、

「さやか、皆が映画を観てるからって無理して観ることないんだよ。飛行機の中ではね、好きにしてていいんだよ」

と優しく忠告してもらい、とても恥ずかしかった。それ以来、がんばってあまり興味のない映画を観ることはなくなったが、「機内で何をすればいいんだろう」という感覚は未《いま》だにあり、そういう時、つい周りを見てしまう癖はなかなか直らない。

レストランでもそうだ。「この食べ物、どうやって食べるんだろう?」というものが出てくると、誰かが食べるまで待ってしまう。他の人が素手なりスプーンなりで食べ始めるのを見届けてから、おそるおそる自分も同じように食べ始めるのだ。

「これって、外側の部分まで食べられるんですかね? スプーンで食べるんでしょうか?」

と素直に首をかしげて質問をしている人を見て、あ、わからないことはこうやって正直に聞けばいいんだ、と気が付く。真似をするなんてなんだかずるかったな、と反省する。

私には子供の頃から、自分以外の皆はルールや常識をマスターしているのだ、わからないのは自分だけなのだ、という感覚があり、学校の自習時間や体育の時間などで皆のことを真似して振る舞っていた。だが大人になるに従って、どうやら皆にもそんなにわかっていないことがけっこうあるらしいとだんだん理解できるようになってきた。

お土産を上手に配るのも苦手で、皆で集まってご飯を食べながら、鞄の中のお土産をどのタイミングで出そうか、それればかり考えてしまうことがある。そういう時、

「そういえば、この前旅行したんだ。これお土産だよー」

と誰かが絶妙なタイミングでお菓子を取り出すと、「今なのか！」と私も便乗して、「実は私もこの前旅行をして……」と鞄からお土産を取り出す。だが一度、「実は私も」「私もこの前出張があって」と全員が続々と鞄からお土産を出したことがあり、ああ、タイミングがわからなかったのは自分ひとりではないのだな、としみじみ感じたのだ。

そのため、最近は、「自分と同じように周りを見て真似をしている人」に目がいくようになった。よく観察すると、自分以外にもそういう人がたくさんいるのだ。私がスリッパを取り出したのを見て、「あ、そうかあ」と鞄を漁《あさ》り始める女の子を見ると、なんとなく連帯感でほっとする。だとすると、例えば機内で最初にすごく変だけれど素敵なことをする人がいたら、だんだんと伝染して、なぜかその飛行機の中では皆がお絵かきをしたり、変なポーズで眠ったりすることがあるのかもしれない。誰か、そんな悪戯《いたずら》を企《たくら》んでいる人がいるのではないかと、どきどきしながら、つい周りを見回してしまうのだ。

（「プロムナード」二〇一八年二月十四日「日本経済新聞」）

朝酒の想い出

二〇一二年、私がある新人賞に落ちてしまってそのまま残念会をしていた時、ある編集さんがこんな提案をなさった。

「実は、以前から興味があることなのですが、『朝酒の会』をみんなでやってみませんか?」

朝酒、と聞いてすぐには理解できなかったが、詳しく話を聞くと、朝の七時からお酒を飲めそうなお店があるので、早朝に集まって皆で乾杯をしてみてはどうか、とのことだった。

朝にお酒を飲むという発想は自分にはないものだったので、とても驚いたが、好奇心でやってみたくなった。その場にいた皆さんも賛成し、日程を決めてチャレンジすることになった。

朝、軽く乾杯をして、それからのんびり散歩をして美味しいコーヒーを飲んで帰る、というのが当初の計画だったと思う。編集さんが集合場所として教えてくださったのは、小さな定食屋さんだった。定食屋さんだがお酒のメニューがそろっていて、朝から飲んでいる人で賑《にぎ》わっているという不思議な店だ。

早起きは得意なので、時間通りに集合した。お店に行くと、まだメンバーの半分も集まっていなかった。本当は、寝坊OKということになっていたので、私も席につき、ビールを注文した。本当は、壁に貼ってある「牛乳」のほうが気になっていたのだが、それでは普通の朝と変わらないので、運ばれてきたビールで乾杯した。

「すごく変な感じですね」

気持ちの良い朝、突然口の中にアルコールが飛び込んできたことに、脳も身体もびっくりしている感じがした。口の中と窓の外が釣り合わない違和感が面白くて、つい笑ってしまう。乾杯したみんなも笑っていた。「変な感じ」を共有していることがくすぐったかった。

ジョッキを半分くらいあけたところで、これはやばそうだ、と気が付いた。朝の身体は夜と違ってからっぽなのだ。いつもの夜のお酒と違って、身体にぐんぐんとアルコールが吸収されていくのが、感覚でわかる。お酒に強い方ばかり集まったのだが、全員、あっという間に酔っぱらってしまった。

「朝ドラを見ながらお酒を飲むなんて、変だなあ」

「変ですよねえ」

変だ、変だ、と言いながら、何だか楽しくなって、ずっと笑っていた。それぞれ、卵焼きを食べたり、定食を食べたり、私は牛乳を飲んだりしながら、奇妙な朝が過ぎていった。

結局皆でわいわいとお散歩をしながらお昼過ぎまで過ごした。さすがにその頃には酔いは醒《さ》めていたが、はしゃいだ気持ちは落ち着かず、解散の時にはずっと手を振っていた。

あの日から六年が経つが、未だにそのメンバーの誰かと会うと、

「朝酒の会、やりましたよね」

と言ってしまう。そうすると、

「やった、やった！」

「あれ、何だったんでしょうね」

といつまでも想い出話が続く。

とても身体に悪いと思うので絶対にお勧めはしないが、私はあの朝を忘れることができない。大好きな人たちとあの奇妙な朝を一緒に過ごしたという想い出は、異常なほど鮮明に残っていて、時折、そっと取り出してみたくなるのだ。

本当に酔狂な遊びをしてしまったと思うが、だからこそ強烈で、それを一緒に体験した人たちとの連帯感が私を饒舌《じょうぜつ》にさせる。あの日の想い出話をするたびに、あんな不思議な朝を過ごしたのも悪くなかったなあ、と思えてしまうのだ。

（「プロムナード」二〇一八年二月二十一日「日本経済新聞」）

算数苦手人間

昔から、算数があまり得意ではない。それでも、特に不便はなく生活を送っているが、先日、「私はやっぱり算数がさっぱり理解できていないのだな」と思う出来事があった。

先日、友達の家で何人か集まってお喋りをしていた時、ある本がとても外国で売れていて素敵《すてき》だ、という話になり、誰かが「一〇〇〇万部」という数字を口にした。

「一〇〇〇万部」という数が「すごく多い」のはわかったが、どれくらいなのか私にはさっぱりわからなかった。

「一億の十分の一だよ」

そう説明してもらったが、それでもよくわからない。「一億」がどれくらいの数なのか、理屈では理解していても、感覚的に把握できない。

「それは、一円玉にするとどれくらいの量なのかな?」

勇気を出して尋ねたが、

「質問の意味がわからない」

と呆然とされた。

「何で一円玉にするの？　本の話なんだから、本で想像するんじゃ駄目なの？」

「わからない……でも、一円玉でどれくらいなのか知りたい。この部屋いっぱいくらい？　それとも、玄関まで一円玉で溢《あふ》れるくらい？」

その場にいた、自分も算数が苦手だという友達だけが、

「さやか、わかる、一円玉にするのわかるよ」

と賛同してくれた。

家に帰り、「一億」という数が一円玉でどれくらいなのか、インターネットで調べてみた。

同じようなことを考えている人はやっぱりいるようで、質問サイトで「一円玉で一億円分の塊は、自動車位の大きさになるでしょうか」と聞いている人がいた。その回答を読むと、何かとても難しい計算の末、【よくある路線バスの寸法よりも若干小さいようなサイズ】二台を埋め尽くすくらいではないか、とのことだった。

バス二台の中に一円玉がぎっしり入っている光景を思い浮かべて、「これが一億か……！」と感動した。初めて「一億」という数が理解できた気がした。

次に友人たちと会った時に、「一億はね、小さめの路線バス二台分くらいだったよ」と教えたが、

「あのね、なんで一円玉にするのか、やっぱり全然わからないよ」

と言われた。

「数字を見ただけだとさっぱり理解できないんだけど、一円玉がバスの中にみっちり詰まっているのを想像すると、すごい数だなあ、って実感できるの」

「わかった、とにかく可視化したいんだね」

そうなのかもしれない。目で見てどれくらいなのか想像できると、その数がわかったような気持ちになるのだ。

こんな調子なので海外に行った時は大変で、日本円でいくらなのかさっぱりわからない。算数が苦手な友達が、

「ねえ、これ、一ドル二〇〇円って計算して旅行したら、日本に帰った時、思ったより何もかも安かった！　って感じられるんじゃないかな？」

と言うのを聞いて一瞬いいアイデアだと思ったが、

「別にいいけど、それだと旅行している間、物価がすごく高く感じちゃうんじゃない？」

と別の友達に言われてしゅんとした。

算数ができない人は、できる人には思いもよらないことを言いだしてびっくりさせてしまうらしい。でも、それも算数の面白さの一つに違いない……と自分を慰めている。

（「プロムナード」二〇一八年三月十四日「日本経済新聞」）

年齢忘却の日々

「何歳ですか？」

と聞かれると、いつも返事に詰まってしまう。自分で自分が何歳なのか、忘れているからだ。

「たぶん、三十八歳だと思います。一九七九年生まれなので、誕生日が来て三十九歳な気がします」

大体、こんな感じで曖昧に答えている。不安な時は、電卓を取り出して、「あの、やっぱりちょっと計算していいですか……？　今年は何年ですか？」と尋ねる。大体、相手の方が、「〇〇歳で合ってますよ」と教えてくれる。忘れないうちに手帳に、「私は三十八歳　※誕生日が来たら三十九歳」とメモしておくのだが、不意に質問されるので、手帳を開く暇がないことが多い。

一歳くらいなら誤差のうちだと思うのだが、二歳や三歳間違えてしまうこともよくある。

「同い年ですね！」

「じゃあ、敬語はいいですよー！」

などと盛り上がった相手がけっこう年上の方だったことに後で気が付いて青ざめることもある。わざわざ、

「本日、『同い年ですね』とお話ししましたが、帰宅して計算したところ違っていました。なので、これからも敬語でお話しさせてください」

とメールで訂正するほどのことでもない気がして、次回お会いした時に言わなくては……ともやもやしたまま過ごす羽目になる。

「なんで年齢わからなくなるの？」

とよく言われるが、なんでみんなが自分の年齢をちゃんと覚えているのかのほうが、よくわからない。

私が最初に年齢を間違えたのは十歳の時だった。九歳の時、「もうすぐ二桁だ！大人になるぞ！」とわくわくしすぎて、今、自分が十歳なのか、誕生日が来て十歳なのか、だんだんごっちゃになってきてしまい、いざ誕生日が来た時に、

「十一歳だ！　ゾロ目だ！」

と喜んでしまった。家族や友達に「せっかちだなあ」と笑われたのをよく覚えてい

る。

三十五歳の時は、仲のいい友達が「三十八歳おめでとう！」と誕生日を祝われているのを見て、なぜか自分も三十八歳だと思い込んでしまった。間違いに気が付いた翌日、編集さんに、

「昨日まで私、自分のこと三十八歳だと思ってたんですけど、三十七歳だったんですよ」

と話したところ、言いにくそうに、

「あの、まだ違ってます。村田さんは多分三十五歳ですよ」

と教えてもらってとても恥ずかしかった。それ以来不安な時はその場で計算することにしている。

高校生の時も大学生の時も年齢を間違えていたので、もう、一生、自分の年齢がよくわからないまま生きていくしかないのだと思う。

自分の年齢でもこの有様《ありさま》なので、「ご両親の年齢は？」と聞かれた時は絶望的だ。もはや計算すらせず、直感だけで、その時によって、「六十五歳です」とか「八十歳です」とか答えているので、周りの方は、両親のことをすごく若いとか年配だとか思っているかもしれない。申し訳ないが、もうどうしようもない。

私が年齢を三歳間違えていたことが発覚した時、友達が、「世の中には、年齢を記憶するより大事なことといっぱいあるもんね」とメッセージをくれた。心があたたかくなった。二歳違った、三歳違ったと騒いでいる自分が、なんだか小さく感じられた。彼女のように大きく世界を見られるようになりたいと思いながらも、「年齢は？」という質問に慌ててスマートフォンの電卓を取り出す日々なのだ。

（「プロムナード」二〇一八年三月二十八日「日本経済新聞」）

バス自意識過剰

ずっと前から悩んでいることがある。朝、「この時間の電車に乗れば間に合う！」と慌てて家を出ることがよくある。遅刻しないように地下鉄の最寄り駅まで必死に走るのだが、その時、通り道にあるバス停《と》に停まっているバスの運転手さんが気になって仕方ないのだ。

私はせっかちなので、ＩＣカード乗車券が入った定期入れを握りしめながら走っている。それを見たバスの運転手さんに、

「あ、あの人、このバスに乗ろうとしているな」

と誤解させてしまっていないか心配でならないのだ。

私はバスに乗ることはそんなに多くないが、旅行などでバスを利用するとき、運転手さんが親切だなあと感じることがよくある。どのバスに乗ればいいのかわからずおろおろしていると、親切な運転手さんに「これは○○行きですよ」と声をかけてもらったり、「あれに乗らないと次のバスまで何時間も待つことになる！」とみんなでバ

ス停まで走っているのを、気が付いた運転手さんが待っていてくれて、「ありがとうございます」とお礼を言ったりと、感謝した経験が多い。そのせいで、「バスの運転手さんは親切」というイメージがある。

だから、定期入れを持って全速力で走っている私を見た運転手さんが、「あの人、急いでいるから少し待ってあげよう」と親切にしてくれているのではないかと、不安になるのだ。

いつも乗る電車を目指して走ると、なぜだかちょうど時間が重なるらしく、絶妙のタイミングでバス停にバスが停まるのだ。なので、バス停が見えてくると、定期入れをポケットに隠して、わざとラーメン屋の看板を見上げてみたり、お散歩をしているかのように花壇のお花を見つめてのんびり歩いてみせたりと、

「私はちっともバスに乗ろうとしていませんよ」

という小芝居をしてしまう。

遅刻しそうなので内心はとても焦っているのだが、万が一運転手さんが親切にしてくれていたら、と不安で仕方がない。

小芝居をしながらも、気になってついちらりとバスの方に視線を走らせると、運転手さんといつも目が合ってしまう、ような気がする。「このバスに乗るんですね。わ

かってますよ」と微笑《ほほえ》んでいる、ような気がする。

バスが発車すると同時に、地下鉄の駅に向かって走り出すのだが、なんだか、それも見られているような気がしてならない。

よく考えたら、毎朝、同じ時間に通りかかっているのだから、運転手さんも同じ人なのではないだろうか。だとしたら、

「あの人、また小芝居してるな……そんなことしなくてもわかってるのになあ」と思っているのではないだろうか。だんだんと、そんな不安まで生まれてくるようになった。

いくらベテランの運転手さんだからって（想像上ではかなりベテランということになっている）、そこまで何でもかんでもお見通しではないと思うのだが、勝手に思い込んで不要な心理戦を繰り広げてしまうのだ。

いっそ、「私はバス停ではなく駅に向かって走っています」と書いたたすきを掛けながら走りたいと思うくらいなのだが、なんとか我慢している。

こんな自意識過剰な通行人がいることなどまったく気にせず、今日も平和にバスは運行しているのだろう。わかっていながら、謎の心理戦がやめられないでいる。

（「プロムナード」二〇一八年四月四日「日本経済新聞」）

睡眠と反省

どこでも寝てしまうのが、最近の悩みの種である。美容院でも、歯医者さんの治療中でも寝てしまう。いつからこんな風に寝てしまうようになったのかと考え、そういえば高校生の頃、電車でぐっすり寝て迷惑をかけていたな、と思いだした。一番強烈な想い出は、電車の中で、気が付いたら知らない中年男性の膝枕で寝ていたことだ。肩に寄りかかるだけでも迷惑なのに、一体何がどうしたのか、気が付くと知らない人の膝枕でぐっすり寝ていたのだ。

熟睡していたので、目を覚ました時は、家の天井とは違う光が突然目に入ってきて、何が起きているかよくわからなかった。しばらく見覚えのない蛍光灯を見つめてぼんやりとしていた。突然、電車の中のざわめきが耳に入ってきて、ここが外だと気が付いて飛び起きた。自分が知らない男性の太腿《ふともも》を枕にしていたと気が付いて、青ざめた。困惑した様子の中年男性に、「ごめんなさい、ごめんなさい」と必死に謝ったのを覚えている。男性は、手をひらひらと振って気にするな、と示してくれたが、かなり重かったのではないかと気に病んでいた。

それから数か月経ったとき、物凄い勢いで横揺れしながら眠っている会社員の男性と隣り合わせた。激しく左右に揺れながら、はっと目を覚まして座り直し、またうとうとと揺れ始める。私もいつもこうやって寝ているのだろうなあと、共感しながら横に座っていた。男性の横揺れが極限まで激しくなり、やがてどすんと私の膝の上に彼の頭が乗った。同時に尋常ではない重みがのしかかってきた。

これか、と私は思った。私が数か月前に中年男性にやってしまった膝枕も、こうして起きたのだろう。男性はすっかり熟睡しており、意識を失った成人男性の上半身は、びっくりするほど重かった。

あまりの重さに揺り動かして起こすことも考えたが、当時私は「本当の優しさとは何か」ということをずっと考えている女子高校生だったので、「中年男性が私にしてくれたように、彼を熟睡させてあげることが優しさなのではないか」と思い、耐えることにした。中年男性が私にしてくれた親切をこのサラリーマンに返すことでこの世界に優しさの連鎖が生まれるのだと考えた。

やがて、自分が乗り換える駅が近づいてきた。こんなによく寝ているのだから彼の目が覚めるまで耐え続けることが「本当の優しさ」なのではないかと悩んだが、それは違うのではないかと思い直し、彼を起こして降りることにした。「すみません、降ります」と男性を起こして立ち上がると、周りがざわついた。どうやら、私たちは恋人同士だと思われていたようで、赤の他人の女子高校生の膝枕で寝ていた男性に非難の目が集中した。男性はあの時の私と同じように、電車の蛍光灯を見上げて「家じゃない……」という顔で呆然としていた。私は彼を残して逃げるように電車を降りた。

今でも、この話をすると、「すぐに起こしたほうがさやかにとっても男性にとってもよかったと思う」と言われる。いろいろな意味で、今では反省している。自分がどこでも寝てしまうので、つい親切にしたくなってしまったのだ。寝るのもよくないが、寝かせてしまうのもよくない。反省しながらも、相変わらずどこでもうとうと眠ってしまうのだ。

（「プロムナード」二〇一八年四月十八日「日本経済新聞」）

親切エレベーター

物凄く細かいことなのだが、ずっと気になっていることがある。例えばビルの十階にある眼医者さんに行った時。エレベーターに向かって歩いていると、先に乗っている人が気付いて、「開く」を押して待ってくれることがある。

「ありがとうございます」

急いでエレベーターに乗り込みお礼を伝え、微笑んで会釈をされて、ほのぼのとした空気が流れる。東京には優しい人がいっぱいいるなあ、と幸せな気持ちになる。

やがてエレベーターが十階に着き、親切な人も同じ眼医者が行き先だったと気が付く。エレベーターのドアが開き、親切な人が微笑んで再び「開く」を押し、「どうぞ」と私を外へと促す。

なんて親切な人だと感激すると同時に、「このままでは私が先に眼医者に入ってしまう！」とパニックになる。親切な人は私より先にエレベーターに乗っていたのだから、眼医者の受付は絶対にこの人が先にするべきだ。さんざん親切にされた挙句、私のほうが先に受付を済ませてお医者さんに診てもらうなんてこと、あってはならない。なので、私はエレベーターを出ると眼医者の前で「どうぞ、どうぞ」と必死に受付へと親切な人に先を譲る。「いえいえ」と言われたりするのだが、こんな親切な人が親切すぎて損をするようなことはあってはならないと、こっちも必死である。あまりに私が懸命なので、「はあ、どうも」と不思議そうに親切な人が無事に受付を済ませる。それを見届けると、安心して、私もその次に受付へ並ぶのだ。

しかし、そんな時に限って、親切な人のお財布からなかなか眼医者の診察券が出て来ないことがある。私はせっかちなので、エレベーターに乗る前に既に診察券と保険証を財布から出して握りしめていることが多い。それを見た親切な人が、何度も「お先にどうぞ」と言ってくれる羽目になる。私としては何としても親切な人に先に診察を受けてほしいのだが、焦っている親切な人の背後でじっと待つことはかえって迷惑なのではないかと、時間がかかりそうな時はおずおずと受付へ行ってしまうことがある。

こんなことはあってはいけないと、そのたびに思った。エレベーターを開いて待ってくれるような親切な人が、親切にした相手に順番を追い越されるなんて……。

なので最近では、そういう時、エレベーターに乗って（この親切な人、行き先が同じだな）と察知すると同時に頭をフル回転させて計画を練る。どうすれば親切な人がスムーズに先に受付を済ませてくれるのか、必死に考えるのだ。

最初は「エレベーターに乗った後、ボタンの一番側《そば》にさりげなく移動し、降りる時は私が『開く』を押す」というのが一番スマートな方法に思えた。しかし実際にやってみようとすると、二人きりのエレベーター内でいきなり他人が立っている場所を奪う変な人になってしまいそうで、なかなか難しい。「手に持った診察券を素早く隠し財布から見つからないふりをする」というのも意外と演技力が必要でなかなかうまくいかない。

親切な人はそもそも心が広く、病院の受付の前後など大して気に留めていないのかもしれない。私ばかりが、親切な人が待合室で待ちぼうけをくらうことに勝手に心を痛めて、エレベーターで目に見えない攻防をし続けているのである。

（「プロムナード」二〇一八年四月二十五日「日本経済新聞」）

着ない服愛好会の日

今日は、友達と「着ない服愛好会」をした。「着ない服愛好会」とは、「クローゼットの中に眠っている、着ないのに捨てられない服を、みんなで勇気を出して着る」というただそれだけの会である。以前、エッセイに書いたことをきっかけに、とても大好きな、尊敬している方と開催したことがあった。それが私にとってとても大切で特別な想い出になっていて、その話をしたら、「それいいね、私も家に沢山《たくさん》あるよ」と言ってくれる友達がいて、じゃあ今度やろう、ということになったのだ。

当日、私はナイフと、シャワーと、お花のような形の血だまりの絵がちりばめられたシャツを着た。ボトムは同じお店の、黒地にシャワーの刺繡《ししゅう》が施された(腰のところに小さなナイフと血だまりが刺繡してある)スカートを穿《は》いた。ヒッチコックの映画をイメージしてデザインされたシリーズらしいのだが、なんて素敵なのだと興奮して買ったまま、なかなか着る勇気が出なかったものだ。

それから緑色の和柄のガウンを手に取った。一目ぼれしたガウンで前を縛ると着物のようになるのだが、私が着るとなんとなく旅館の浴衣のようになってしまう。ヒッチコックの上に羽織ると、柄の上に柄になってしまいかなり奇抜である。ガウンは見せるだけにしようと畳んで鞄の中に入れ、家を出た。

いつもと違ってあまりに派手なので、管理人さんに見られないようにこっそりとマンションの裏口を出て、会場へと向かった。会場といってもみんなでアフタヌーンティーを楽しむというだけである。事前に調べたらかなりおしゃれなホテルで、なぜ紅茶の会と同時開催してしまったのだろうと少々後悔しながら、カーディガンで服を隠して仲間のいる場所へと急いだ。

今回の「着ない服愛好会」は女性五人だった。私から見ると、みんな素敵で似合っている。自分一人が本気で過激な服を着て来てしまったと思ったが、それぞれ「いや、この服はここがちょっと恥ずかしい」という理由があるらしい。とても似合っていたので、「そんなことないよ、素敵だよ」と本気で熱弁した。

私のヒッチコックも、「遠くから見ると花柄に見えるし、全然大丈夫だよ」と言われ、だんだんそんな気がしてきた。「そうかな、また着てみようかな」。クローゼットで眠っていた、着られないのに宝物だった服。眺めるだけでいいと思っていたが、やっぱり着てみると服が生き生きしている気がする。何より、自分には着こなせないのではと薄々わかっていながら、それでも胸が高鳴ってこの服を手に取ってしまった気持ちを、誰かと共有できるのがうれしかった。

いつもと違う雰囲気の服を身に纏《まと》った友達と散々お喋りをし、やがて解散になった。私はそのままの格好で喫茶店に寄り仕事をした。皆に会うまではこそこそカーディガンで隠していたのに、今は、「うん、これはこれでいいかもしれない」と変に前向きな気持ちになっていた。

以前も一緒に愛好会を開催した編集さんが、「これやると、着ない服が着られるようになるんですよ」と熱弁していたのを思い出す。今日大好きな友達と交わした言葉が洋服に宿っているような気がする。昨日まで仕舞い込んでいた服を、今日は「明日も着たい服」として、クローゼットの一番手前に掛けた。ヒッチコックのシャツが、出番を待ち構えてひらひら羽ばたいているように見えた。

（「プロムナード」二〇一八年五月二日「日本経済新聞」）

「いい感じの趣味」考

アルバイト先のコンビニで、音楽の仕事をしているAさんにこんな質問をされたことがある。

「村田さんは、趣味を聞かれた時、何て言ってますか？」

「言ってますか、とは？」

「いや、例えば僕が趣味を聞かれて音楽鑑賞です、って答えたら、微妙な空気になるじゃないですか。そりゃそうだろ、っていう。村田さんも小説家だから、『趣味は読書です』って言うと変な感じになりますよね」

「なるほど」

確かに、それはインタビューをして頂く時などに常々感じていたことだった。しばらく考えて、私は重い口を開いた。

「私は……『自転車』と答えていますね……」

「自転車？　村田さん、自転車に乗るんですか？」

「たまに自転車で近所のスーパーに行くことがあるんで……」

「嘘じゃないですか！」

自転車を買ったばかりの頃は都内をあちこち走っていたのでまったくの嘘ではない……と思いたいが、話を盛っていたことは認めざるをえなかった。

「だから、これから人に言える趣味を始めようと思って。何かいい感じの趣味ないですかね」

Aさんはそう言い、私では参考にならないということで、一緒にシフトに入っていた大学生のB君に趣味を聞いた。

「僕はいろいろありますよ。登山もサーフィンも好きだし。最近はボルダリングもやります」

うろ覚えだが、こんな感じのレベルが高いことを言われて衝撃を受けたのを覚えている。

「登山ならできそうだなあ……B君、たくさんあるなら一つくれない？ 村田さん、僕、登山もらっていいですか？」

Aさんがさらりと私に言ったので再び衝撃を受けた。

「え、趣味をもらう!? 全員登山じゃだめなんですか？」

「いや、それはやっぱり、全員バラバラじゃないとだめですよ。趣味なんだから」

Aさんがなぜそう断言したのかよくわからんと未だに思っているが、「いい感じの趣味」が欲しいなあ、と思うことが多いのは事実だ。小学生の頃、クラス全員が教室の壁に貼ることになった自己紹介の紙に、「趣味」の欄があり、友達皆で頭を悩ませたことがある。「読書」「音楽鑑賞」は人気の趣味なので、どうしてもそればかりになってしまう。別にいいのだが、もうちょっと個性のあるいい感じの趣味はないかと思ってしまうのだ。

私も悩みに悩んで、「音楽鑑賞・お風呂」と書いてしまった。友達に、「お風呂って、趣味に入る？」と真剣に聞かれて恥ずかしかったのを覚えている。この「いい感じの趣味があるといいな」という気持ちはなんなのだろう。「人に言える趣味が欲しくて習い事を始めた」という友達もいる。わざわざそのために始めなくても、と思ったが、きっかけは何であれ新しい趣味を持つことで世界が広がっていて羨ましい。

私もなにか始めたいなと思いつつ、まだ「いい感じの趣味」を見つけられずにいる。強いて言えば絵を描くことが好きなのだが、人に見せられるような上手なものではないので恥ずかしい。完全趣味でお話を作るのも好きなのだが、「仕事と何が違うんですか？」と言われてしまう。趣味はそもそも人に見せるものではないとわかっているのだが、「趣味は何ですか?」の質問に、未だに「ええと……」と口ごもってしまうのだ。

(「プロムナード」二〇一八年五月九日「日本経済新聞」)

謎スポーツ観戦

スポーツ観戦が好きな人に言うと怒られそうなのであまり言わないようにしているが、昔、友達に「村田さんって、スポーツとか観るの?」と聞かれた時、咄嗟《とっさ》に「うん。大体、右側を応援している」と答え、ものすごくびっくりされたことがある。質問をされるまで自分でも気が付いてなかったので、私自身も驚いた。

「何でだかわからないけど、直感で右側のチームを応援している気がする……テニスでもサッカーでもそうしている……」

「え、でもコートチェンジがあるよね?」

「うん。それでも、なんとなくずっと右側を応援している気がする。何でだろう……」

この話がばーっと広まってしまい、親しい作家さんから深刻な表情で「それは政治的な意味で……?」と聞かれ仰天したことまであるが、誓って特にそんな深い意味はない。なんとなく右側のチームを応援していることが多い気がするだけだ。

「なんで？」

とあまりに聞かれるので、理由をずっと考えていたのだが、「スーパーマリオのせいではないか」ということに、一昨日急に気が付いた。

私は子供の頃、友達の家でたまにスーパーマリオで遊んでいた。自分の家にはファミコンがなかったのでよくわからないが、マリオはいつも左から右へと走っていたように思う。

兄がパソコンでやっていたグラディウスというゲームでも、プレーヤーの操作する戦闘機は、左から右へと向かっていた。

自分や誰かがゲームをプレイしている時、私はもちろん、左側にいるプレーヤーを応援していた。右側からはどんどん敵がやってきて、最後には巨大なボスが現れることもあり、必死になって左側を応援した。

でも、私には、そんな自分がすこし奇妙に思えていたのだと思う。グロテスクなモンスターや大きな戦闘機が現れて、「いけー！」と皆で応援してそれを倒す。敵側を応援する人は一人もいない。そのことが、なんとなく怖かったのだと思う。

そもそも、モンスター側の事情を聞いていない。ボスが悪い存在だというのはわかるが、途中の中ボスたちは、どういう意図でこちらを攻撃してくるのだろう。ボスに給料で雇われているのか、友達なのか。もし給料ならお金を渡せば攻撃を止めてくれるのか。「正義」の側よりも、妄想が膨らむのである。

思えば、スポーツをテレビ観戦していて画面が切り替わりチームが上下に分かれると、いつも「上がんばれ！」と上を応援している。これも、ゲームではプレーヤーが下から上に向かって行くことが多い（気がする）せいなのではないかと考えると、合点がいく。

私は、何も考えず、双方の事情も聞かず、「なんとなく正しいことになっている」方を応援するのが、怖かったのだと思う。敵が死んだ時、皆と歓声をあげている自分に、心の底から納得することができなかったのだと思う。だから、大人になった今、スポーツで右側や上側を応援してしまうのではないか？

スポーツ選手の方々が聞いたら脱力させてしまいそうな話で本当に申し訳ないが、そんなふうにわけのわからない応援をしていても、スポーツはいつも楽しい。敵と味方ではなく、同じ競技を愛する者同士が戦ってるのだ、と無意識の領域まで完璧に納得するまでは、この変な癖は続いてしまいそうだ。

（「プロムナード」二〇一八年五月二十三日「日本経済新聞」）

タイムスリップコーヒー

私はコーヒーショップに行って仕事をすることが多い。カウンターで飲み物を注文し、紙のカップにプラスチックの蓋がセットされた容器を笑顔で手渡されると、いつも悩んでしまう。

私はカップの蓋を閉めたまま、容器にあいている小さな穴からコーヒーを飲む、ということがどうしてもできない。今まで、三回チャレンジしたことがあるが、三回とも蓋が開いてしまい、洋服にコーヒーをぶちまけている。なので、いつも蓋を開けて飲むのだが、「四回目にチャレンジしてみなくていいのか?」と耳元で悪魔が囁《ささや》くのだ。

周りを見回すと、ほとんどの人が蓋を閉めたままコーヒーを飲んでいる。それを見ると不思議な気持ちになる。昔は、皆、あんな飲み方をしていなかったのに、いつの間にマスターしたのだろう。皆が器用に飲んでいるのを見ると自分でもやってみたくなる。しかし、私は三回中三回失敗している身だ。確率が一〇〇パーセントなので、なかなか勇気が出ない。大人しく、蓋を開けてコーヒーを飲む日々だった。

先日、ふと、家で練習をすればいいのではないか、と思いついた。カップだけを買って、水を入れて家で練習するのだ。慣れてきたらお湯にして、そのうちお店でチャレンジする。想像するとわくわくしたが、「練習するほどのことか？」という疑問も同時に浮かんでくる。別に蓋を開けて飲めばいいだけの話で、何の不便もない。味が違うわけでもないだろう。

そんなことを考えながら悶々《もんもん》と過ごしていたが、ある日、コーヒーショップで友達が私と同じように蓋を開けて飲んでいるのを見て、

「あっ！　開けてる！」

と思わず声をあげてしまった。

「ああ、うん。これ、難しいよね。穴が小さいから、熱いし」

「蓋が開いて、中身をぶちまけちゃうよね？」

「それはないけど、熱いよね」

完全に理解し合うことができたわけではなかったが、私はなんだかとてもうれしかった。タイムマシンに乗って過去の人に出会ったような気持ちだった。

子供の頃は、コーヒーは缶か陶器のコーヒーカップで飲むものだった。気が付くと

世界が変化していた。私はいつもそういうことに気が付くのが遅い。世の中に比べてテンポが遅くて、皆の変化についていくことができないのだ。

しかし私の周りには自分よりさらにテンポが遅い人がたくさんいる。「トールとかグランデとか言ってくる店には絶対に行くことができない」という友達が何人もいる。「さっぱり意味がわからないので、看板を見て美味しそうだなあ、と思っても注文できない」のだそうだ。「一度会社の人が買ってきてくれて、美味しかったんだけどねえ。いつかまた飲んでみたいなあ……」と幻の飲み物のように言うので、切なくなり、「簡単に買えるよ！　今度行こうよ！」と熱心に薦めてしまう。

だが思えば、自分も最初はそうだった。今は平然と注文している。その頃に比べれば、私自身も変化しているのだ。未来の私は、蓋を閉めたまま平然と熱いコーヒーを飲んでいるかもしれない。十年後は、もっと奇抜な容器で得体《えたい》のしれない飲み物を飲んでいるかもしれない。そう思うと、自分はいつでも変化の途中なのだ。途中の私が、今はカップの蓋を開けてコーヒーを飲んでいる。そのことが、奇妙に愛《いと》おしく感じられる今日このごろなのだ。

（「プロムナード」二〇一八年六月六日「日本経済新聞」）

日本語の外の世界

ずっと前から知りたいことがある。「日本語を知らない人は、日本語をどんなふうに感じるのだろうか」という疑問だ。日本語を知らない人にとって、日本語がどんなふうに聞こえるのか、どう見えるのか、知りたくて仕方がない。けれど当たり前だが、私は日本語を見ると意味がわかってしまうし、聞けば理解してしまう。「音」「形」としてそれがどういう感覚を与えるのか、知ることができない。

以前、海外のコメディ映画を観ていて、でたらめの外国語を次々喋って笑わせるというシーンがあった。その中に日本語があったので私はとても興奮した。でたらめの日本語を聞けば、「日本語がどういう音なのか」自分も感じることができると思ったのだ。しかしそのシーンはとても短く、いくら繰り返してみても、「日本語がわからない人に聞こえる日本語の音」をうまく聞き取ることができなかった。

八年ほど前になるが、日中青年作家会議に参加する機会があり、北京に行くことになった。私は慣れない海外旅行の準備をしながら、中国の同世代の作家さんとお会いして何をお話しようかと胸が高鳴っていた。

ふと思いついて、私は荷造りの手を止めて真っ白な紙を取り出した。私はその紙にでたらめのひらがなを作ってびっしりと書き込んだ。「お」の横棒が二つあったり、「し」の横に「る」があったりというような、「存在しないひらがな」を並べて「日本語ではないけど日本語っぽい文章」を書いてみたのだ。出来上がったものは何とも居心地の悪い、奇妙な文字の羅列だった。私はそれを折りたたんで鞄の中にそっと入れた。

北京で会議を終えた最後の日、作家同士が集まって、何か質問があれば互いに聞いてみようということになった。今だと思った私は、鞄の中から例の紙を取り出して、

「これは架空の日本語なのですが、日本語はこんな感じですか？」

と尋ねた。中国の女性作家さんは私が差し出した紙をしばらく眺めたあと、首を傾《かし》げて、

「ちょっと違う感じがします」

と微笑んだ。横にいた男性作家さんも、

「うん、漢字がないし、僕も日本語とは違って見えます」

と丁寧に説明してくれた。

漢字を入れると意味が通じてしまうのではと迷ったのが悪かったのか、それともやはり架空のひらがなと実際のひらがなは目に与える感覚が違うのか、私にはわからなかった。

以前、外国の言葉を勉強している先輩の作家さんが、

「ある日突然、わーっと全部の文字が近づいてくる感じがして、意味がわかるようになったの」

と言っていた。私はその瞬間のことを想像し、なんて素敵なのだろうと焦がれた。意味のわからない記号の羅列だったものが、急に「言葉」になる瞬間。それは一体どんな感覚だろう。

しかし、私は逆の瞬間のことも想像して、どきどきしてしまう。もし、急に日本語の意味がわからなくなったら、世界はどんなふうに見えるのだろう。開いていた本が急に意味を失って記号にしか見えなくなっていく。そんなことを想像すると恐ろしいが、その羅列は、どんなふうに見えるのだろう。どきどきしながらも、私は今も熱心に、完璧な「架空の日本語」を目指して創り続けている。いつか、「あ、これが日本語と同じ感じですよ！」と言ってもらえる日が来ることを夢見ているのだ。

（「プロムナード」二〇一八年六月十三日「日本経済新聞」）

「走らせている人」たち

数年前、友達の家に大勢で集まって宴会をしていたとき、一人の子が皆を見回しながら、

「皆、車や電車で窓の外に人間を走らせているじゃん？　赤信号とか駅で停《と》まったとき、その人間、どうさせている？」

と言った。

「あー、どうだったかなあ」

と考え込む人と、

「待って待って、人間走らせるって何!?　え、それ、皆やってるの!?」

と動揺する人と、リアクションは真っ二つに分かれた。

「え、走らせてない人がこの世にいるの？」

「意味がわからない！　ちょっと多数決して！」

話し合いの結果手を挙げて多数決をすることになり、走らせている人と意味がわか

らない人、ちょうど半々くらいだった。十人中、四、五人が「走らせて」いたのだ。

「こんなにいるの⁉」

お互い自分が多数派だと思っていたらしく、それからは、「走らせている人」が「さっぱり意味がわからない人」に説明する流れとなった。

私は「走らせている人」なので、簡単に説明したい。電車や車に乗って、窓の外を流れる景色を眺めているとき、屋根の上やビルの上、電線の上などを、ピョンピョンと飛び越えながら、何かが走っている姿を想像して目で追いかけるという行為をすることがよくあるのだ。調べると、走っているのは忍者だったり動物だったりと人それぞれのようだ。屋根の上ではなく空を飛んでいる場合もあるらしく、本当に様々なのだが、「自分が乗っている乗り物と並行して走っている何か」をぼんやり眺めて楽しむ、という部分は変わらない（と思う）。

この会話をした後、まさにこれを映像化した画面とともに、「並走忍者」について男の子たちが喋っているというCMが流れ、（私たちの間で）話題になったことがあるので、たぶん、わりと「あるある」な話なのではないかな、と思っている。

そのときは「走らせている人」同士の「そうそう！」という盛り上がりで流れてしまったが、冒頭の、「それで、停車しているときどうしている？」という疑問について、ときどき考える。

私の場合、子供時代は、当時観ていたアニメのキャラクターだったりしたので、「こっちへきて少し話す」だった気がする。電車が停まったり、車が信号で停止したりすると、「走っている人」が屋根の上からこちらへ来て、「目的地までもうすぐだね！　車酔い大丈夫？」などと簡単な会話をし、乗り物が走り始めるとまた屋根やビルの上へと戻っていくのだ。大人になってからは、「その間、なんとなく消えている」ような気がする。乗り物が動き始めると同時に、また現れて並走し始めるのだ。

また皆で集まる機会があったら聞きたいと思いつつ、何年も経ってしまった。印象的なのは、「この人が⁉」というクールな人が「走らせている人」だったり、いかにも妄想癖がありそうな人が「説明されてもわからない」と困惑していたことだ。だから今もたまに、誰かと話しているとき、「この人は、どっちかなあ」と思ってしまう。

私は正直、冒頭の友人と違って「こんなことをしているのは自分だけなんじゃないだろうか」と思って隠していたので、彼女がその話をしたときとてもうれしかった。今まで一人の密やかな楽しみだったものが、突然共有される。世界が優しく、柔らかく広がったような瞬間を、今でも大切に思い出すのだ。

（「プロムナード」二〇一八年六月二十七日「日本経済新聞」）

好きなことについて

文庫本が並ぶ本屋の想い出

小さい頃の私にとって、ハードカバーの本は「図書館の本」で、文庫本は「二階の奥の部屋にある本」だった。新興住宅地の一戸建てに暮らしていた私の家の二階には、物置代わりになっている狭い部屋があった。そこには本棚がいくつかあり、ほとんどは父の仕事用の資料で埋まっていたが、一番手前にある小さな棚にだけは、母と兄の買った文庫本が入っていた。ガラスの戸を開けると、中には兄の買った星新一や新井素子、母が集めた赤毛のアンシリーズ等が並んでいた。私はその埃《ほこり》っぽい部屋で、段ボールや父の古いアコースティックギターなどの隙間にしゃがみこみ、それらをこっそり読みふけった。特に好きなのは星新一だった。兄は少しずつ買い足しているらしく、黄緑色の背表紙たちの幅がいつの間にか増しているのを見つけては、浮き立った気持ちで新しい一冊を手にとった。

少し成長して自分のお金で本を買うようになった時も、やはり身近なのは文庫本だった。小さな財布に五百円玉を忍ばせては、自転車で駅前へ向かった。新興住宅地は本屋に恵まれていなくて、あるのは駅前のダイエーの三階にある、ごく小さな書店だけだった。その頃は少女小説が大好きで、桃色の背表紙が並ぶコーナーへ直行しては、じっくりと貴重な五百円玉を投資する一冊を探した。その頃から小説を書いていたので、それがいつの間にか本になっていないかも、欠かさず確認していた。「む」の行を探しては、「まだ出ていないなあ」と思った。当時の私は、人間の頭やワープロが、どこか天空のようなところと繋がっていて、それがいつの間にか本になるという仕組みだと漠然と思っていたのだった。

大好きな山田詠美さんの本を最初に読んだのも、文庫本だった。それは『風葬の教室』だった。今まで読んできた少女小説とはまったく違う匂いたつ文字たちに、とても驚いた。その文章の魅力に取り付かれた私は、同じ作品のいろいろな出版社の文庫本を照らし合わせ、文字の具合を見比べて一番気に入ったものを買った。その時の気分によって、字が大きめのものに平仮名の艶かしさを感じた時もあれば、小さい凝縮した文字の羅列に、熟語から立ち上る匂いを濃く嗅ぎとった時もあった。

また、文庫本のコーナーでは、ちょっとした奇妙な行動をしてしまうこともあった。ハードカバーの前でも、絵本やコミックの売り場でも一度もやったことがないと思うのだが、なぜか、文庫本のコーナーで、念力で買う本を選ぼうとするのだ。手のひらを本の背にかざして歩いて、熱くなった場所にある本を買おうとゆっくり歩いて回った。今思えば、手だけではなく目でも背表紙を追っていたので、結局好きな作家のところで手が熱くなっているというだけのことだった。それなのに、「あ、熱い。今日はこれだ」とその本を手に取ると、大好きな作家の大好きな本なので、とてもうれしくて、やっぱり自分はこの作品と惹かれあっているのだ、片思いではないのだと思い込んだ。前に買ったことのある作品でも、念力が選んだのだから仕方ないと思っていた。だから同じ作家の同じ作品ばかり何冊も買って読んだ。文庫の背表紙がずらりと並んでいる通路は、私にとって、そうした不思議な出来事が自然に起きる、少しだけ異世界に近い場所だったのだ。

この春に、初めて自分の本が文庫本になった。子供時代にいつも探していた文庫本のコーナーの「む」の行に本当に「村田沙耶香」があるのを見て、とても感慨深く、そしてあの頃、本の棚の隙間でいつも漠然と傍にあると感じていた異世界に、本当に紛れ込んだような気持ちになった。顔をあげるとつるつるした文庫本の背表紙が並んで迷路を作っていて、ふと、昔のように手のひらをかざしてみたい衝動にかられた。いつまで経っても、文庫本が並ぶコーナーには、不思議な異空間の空気が溶け出ているように思えてしまうのだ。

（二〇一〇年七月三十日号「週刊読書人」）

安らかな爆破

好きな曲は沢山あっても、本当に特別な音との出会いは、人生にそうそうあるものではないと思う。私にとって、中谷美紀の「all this time」はそういう一曲だ。

初めて中谷美紀の歌声を聴いたのは、学生の頃、たまたま観ていたドラマの主題歌を彼女が歌っていた時だった。その歌にとても惹き付けられた私は、彼女の歌声を初めて聴いたことをぽつりと友人に告げた。友人は「知らなかったの⁉」と驚き、歌手としての彼女について熱心に説明してくれた。その友人は昔から、彼女の楽曲のファンだったのだ。私は彼女が坂本龍一のプロデュースで何枚かCDを出していること、それらがとても高く評価されていることを知った。興味をもった私は、彼女のCDを買い漁って家に帰り、部屋に籠って聴き始めた。その数枚のCDの中に、「all this time」はあった。

この曲は作詞・中谷美紀、作曲・編曲・坂本龍一である「フロンティア」という曲の英語バージョンだ。「フロンティア」も私にとっては大切な曲だが、この「all this time」には怖いほど感じるものがあって、音楽の中に本当に呑み込まれてしまった。曲が終わってからも、現実世界に帰ってくるのに苦労した。それくらい、危険で魅惑的な曲だったのだ。

中谷美紀の歌声は透明な呟きという感じで、声の表情は最小限に抑えられている。でも無表情とは違い、その透明な声の奥に、血が流れているのを感じる。内臓のある透明感なのだ。

その声が淡々と歌い上げるこの曲を聴いた時、私は不思議な体験をした。耳で映像が見えたのだ。映像的な音楽である、ということを通り越して、本当にとてもはっきりと、耳が映像を見たのである。そうとしか言いようがなかった。

本来、見る器官であるはずの目に映る光景は、ただの散らばる色彩でしかなくなっていた。見えているのに、目は何もとらえることができなくなっていたのだ。代わりに、耳が、はっきりと、鮮やかな映像をとらえていた。

その時耳が何を「観る」のかは、聴いた人やその精神状態によってまるで異なるだろう。けれど、多くの人にとってこれはそういう音楽なのではないかと思わされた。耳が何かを見てしまう曲なのだ。

「クロニック・ラヴ」、「天国より野蛮」、「砂の果実」、それからは、CDのどこを再生しても、同じ現象に引きずり込まれた。「all this time」を聴いた時から、目は物を見る器官で耳は音を聴く器官だという五感の役割分担が捻じ曲がってしまったとしか思えなかった。

これらの楽曲は、どこか危うくて耽美《たんび》な、神聖な音楽という印象を与えるかもしれない。確かにそうした雰囲気が漂っているが、それは清潔な神聖さではなく、身体の中の一番まっくらな部分を振動させる神聖さなのだ。一番、汚れた部分が音楽に呼応して震えてしまう。とても危険で、だからこそ惹かれる音楽たちなのだ。身体の中の暗闇が一気に増幅して、光と同じ速さと鋭さで世界に溢れ出す。広がる情景は体温のある神聖さで、私たちを包み込む。

「耳が観てしまう音楽」という意味では、私はたぶん、これ以上鮮やかな一曲には出会えないかもしれない。目で見て耳で聴く、という常識は、この曲を聴いた時から、私の中ですっかり壊れてしまった。私にとってこの静かな一曲は、そうした、とても安らかな爆弾だった。

（二〇一〇年夏号「en-taxi」）

「まっくら森の歌」

小さいころ、私はこの歌が一番好きだった。この歌が大好きなことを、誰にも秘密にしていたくらい、私にはこの歌が大切だった。

NHK「みんなのうた」でこの歌の題名が告げられる瞬間、現実世界のスイッチが切れるような感覚があった。静止した現実世界から、私は画面の中のまっくら森に歩み寄り、画面の端に生えた植物、音楽の中の小さな楽器の音、この異世界から零れ落ちる小さな欠片《かけら》を一つも逃さないように、全身でこの音楽を聞いた。

空を飛ぶ魚、水の中の小鳥、そしてまっくら森の中を歩く不思議なおじさん。私は、おじさんに誘拐されたような気持ちだった。優しくて柔らかい誘拐をされて、おじさんと手を繋いで、森の中を彷徨《さまよ》っているようだった。

音楽が終わっても、身体半分、まっくら森に置いてきたみたいに、私はなかなか現実世界に戻ることができなかった。さっきまで握り締めていた透明なおじさんの手のひらが、もう一度森の奥深くまで連れて行ってくれる気がして、テレビの前を動けずにいた。

今でも、持ち歩く音楽プレイヤーの中には必ずこの曲が入っている。たまに夜、外を歩いているときに再生すると、音楽と共に、昔見た映像が頭の中から夜道まで溢れ出し、ビルが不思議な形の木々に見えてきて、森の中で道に迷っている気持ちになってしまう。それは少し怖いことでもあるのに、どうしてこんなに安心するのだろう。私は音楽を聞くときに、少し変な癖がある。何度も繰り返し同じ音楽を聞きながら、いろいろな映像を想像して遊ぶのだ。それはこの曲のせいではないかと思っている。私は今でも、音楽というものの中に、異世界への入り口を探しているのかもしれない。そしてそれが見つかったとき、私はまっくら森のおじさんと、そのときこそ本当に手を繫いで、戻ってこられないほど森の奥深くまで、一緒に歩いて行くのかもしれない。自分が、その日を未だに待ち望んでいるような気がしている。

（二〇一一年冬号「Feel Love」）

※「まっくら森の歌」『白と黒　谷山浩子ベスト』二〇〇五年　ヤマハミュージックコミュニケーションズ

ムーミンのマグカップ

　私はムーミンのマグカップを三つ、持っている。そのうち二つは同じ絵柄なので、正確には二種類だ。保存用と使用用がないと不安なほど、そのマグカップを気に入っている。

　けれど、実は私は、ムーミンの本もアニメーションもまだちゃんとみたことがない。そんな私がどうしてそんなにマグカップを持っているのかというと、その絵に、ただ純粋に、惹かれてしまったからだ。

　雑貨屋さんやデパートの食器売り場などに行くと、私はついついマグカップの棚を見てしまう。でも、いつも、気に入るデザインがなくてすぐに興味を失ってしまう。そういう私が、「これだ」とどうしても欲しくなってしまったのが、ムーミンのマグカップなのだ。

　それが何でなのかずっと考えていて、気がついたことがある。私は、マグカップの表面に、「世界」があるものを探していたのだ。地面があって空があり、植物が生えていて沢山動物がいる世界。マグカップの表面に広がる世界が、こちら側の世界と同じくらいの広さで広がっているような錯覚を起こしてしまうマグカップを、自分は探していたのだ。そういう観点でマグカップを探していると、どうしてもムーミンのマグカップに行き着いてしまうのである。

明け方のような夕暮れのような、少しだけエメラルドがかった淡い空の下、雨の降った森の中で音楽を演奏しているムーミンたち。または、藍色の夜の中、大きな月と、月に照らされた淡い黄緑の地面と、夜に染まった深紫の木々。どちらも何かのシーンを絵にしたものなのかもしれないが、私にはわからない。けれど、その異世界がずっと遠くまで続いているような錯覚の中、その中になみなみとお湯を注いで、ティーバッグを入れて飲む。その液体が遠い世界のものであるような気が一瞬だけする。その瞬間が欲しくて、私は妙なこだわりでマグカップを探し求めてしまうのかもしれない。

（二〇一一年冬号「Feel Love」）

無印良品のパジャマ

寝るのが好きなので、眠りにまつわることに関しては異様なこだわりをもっている。といっても「枕はしない」とか「布団に潜って気になる匂いがするシャンプーは使わない」とか、くだらないことばかりなのだけれど、眠りに執着する私にとってはとても重要なのだ。

私は寝るときにウェストにゴムの感触があるのが好きではない。なのでパジャマを買ってもズボンは新品のまま簞笥の奥にしまいこんでしまう。そうしてパジャマの上だけで寝るのだが、それだと夜、トイレに行くために部屋を出るたびに何か穿かなくてはならない。また、上だけ洗濯を繰り返すので、そちらだけ色あせて、ズボンはいつまでも色鮮やかな、すごく変なパジャマが出来上がってしまう。

いろいろ考えて、男性用の大きいサイズのシャツなら丁度いいのではないかと思い、紳士服店へ行き大きなサイズのシャツを買ったが、ぶかぶかで寒くて風邪をひいてしまった。次はロングパーカを素肌に着てみたが、チャックが冷たくてすぐにお蔵入りになった。

失敗を重ねていた私は、ある日、ついに無印良品でこのパジャマと出会った。それは完璧なパジャマだった。私が作ったのではないかと思うくらい、理想通りのパジャマだった。

すぐに買って帰り、その夜は興奮して逆に眠れないほどうれしかった。私は更に二着買い足し、今では家に三着の同じパジャマがある。

シャツワンピースの形をした、ギンガムチェックの生地を身につけ、毛布の匂いに包まれる。夢の世界に半分引きずり込まれながら、パジャマの中の自由な下半身で毛布の中を動き回る。そうしていると、夢の中を歩いてどこまでも行けそうな気がする。

完璧なパジャマに身を包んで、私はこの日曜日も、二十時間ほど眠って過ごしてしまった。ぐうたらと言われるかもしれないが、完璧なパジャマを手に入れてしまったのだからしょうがないと私は思っている。理想のパジャマと出会ったら、誰でもそうなるに違いないのである。

（二〇一一年冬号「Feel Love」）

一番大切な部分を揺さぶる映画

本や小物などで、どうしてもずっと手元に置いておきたいものを、二つ買ってしまうという癖がある。とても気に入ったストラップや大好きな小説の文庫本などだ。側に常備していたくて、予備用がないと不安になってしまうのだ。

映画のDVDはいくつか持っているけれど、『もう一度アイ・ラブ・ユー』は唯一、私が二枚買ってしまったDVDだ。DVDは高いので、二枚買おうと思うことなどまずない。けれど、これだけは、どうしても予備用がないと不安だったのだ。こんな映画は、私にとってこれからもこの一本しかないかもしれない。

といっても、物凄く感動的だったり芸術的だったりするような映画ではない。気楽に見られる、底抜けに明るいコメディ映画だ。

物語は、主人公のモリーがプロポーズされるところから始まる。幸せいっぱいのモリーだが、結婚式をあげることには不安でいっぱいだ。犬猿の仲の、離婚した自分の両親が式の途中で喧嘩をしないか心配なのだ。

結婚式当日、モリーの母親のリリーと父親のダンは十四年ぶりに顔を合わせることになる。お互いに十四年前の浮気相手と再婚している二人は、案の定、会場で大喧嘩をしてしまい、モリーに式場を追い出される。外で取っ組み合う二人だが、なぜか突然強烈に惹かれあってキスをして、その場でセックスをし、その夜には二人で失踪してしまう。モリーは、女優であるリリーのスクープを狙うパパラッチのジョーイと共に、逃避行した両親を追って旅立つ……。

映画の最初の方では、モリーが可哀想で仕方がない。普通に式をあげたいだけなのに、両親も新婦側の親戚も風変わりな人ばかりでハラハラしてしまう。けれど、前半では困った人たちに見えていた両親たちが、いつの間にかとてものびのびと素敵で、本当の意味でまっとうな人間であるように思えてくるのだ。

大好きなシーンが二つある。まずは、両親にホテルの部屋に閉じ込められてしまったジョーイとモリーが、ベランダから果物を落とすシーン。モリーにとって生まれて初めての、非常識で無邪気な悪戯。そして、「私の何が恋しかった?」というリリーにダンが「歌だよ」と答えるシーン。リリーを演じるベット・ミドラーが歌う場面を見ると、なおさらその言葉が響いてくる。モリーの祖母が、結婚式の会場でタップダンスを踊るシーンも大好きだ。

このエッセイを書くために改めて映画を見返して、私は二度も泣いてしまった。このバカ笑いに満ちたコメディ映画を見て泣く人はあまりいないかもしれないが、私にとっては、自分の中の一番大切な部分を、優しく揺さぶられる映画なのだ。いつも肩に力がはいって、まともであろう、普通であろうと頑張っている。そういう人たちの心に、ダンが踊りながら娘を誘うシーンが訴えかける。

「もっと人生を楽しめ。パパと踊ろう」

モリーの両親は人騒がせだけれどとても正直で、歌いたいときに歌い、笑い、怒りのままに怒鳴り、欲望のままにセックスをし、踊りたいときに踊る。全身でその瞬間を楽しみながら生きている。人目なんてちっとも気にしない。その姿に笑いながら、こわばっていた身体が優しくほぐれていく感じがする。

だからこの映画は、私にとって、特別な映画なのかもしれない。常備用と、予備用と、二つなくてはいけない、魂を柔らかく解放してくれる存在なのだ。

毎日の生活の中で必死に大人を演じ、真面目に、まともに、常識的に、ルールを守って生きなくては、と肩に力が入って、いつの間にか心がガチガチになってしまっているとき。歌いながら、踊りながら、キスをしながら、「それじゃもったいないよ。人生を、生きていることを、楽しもうよ」とおどけながら囁いてくれる。私にとって、そういう存在の映画なのだ。

（「私のとっておきシネマ」二〇一二年四月号「小説推理」）

※『もう一度アイ・ラブ・ユー』（米　一九九七年　監督：カール・ライナー）

コンビニエンスストア様

前文お許しください。貴方《あなた》と出会って十七年ほどになりますが、こうしてお手紙を書くのは初めてのことですね。

貴方に出会った時、私は十八歳でした。当時の私には、貴方はとても怖い人に見えました。大人の世界の人に感じましたし、私なんてすぐに貴方の側《そば》から追いやられてしまうかと思いました。貴方に会う時はいつもとても緊張していて、私はポケットに小さなメモ帳を入れて、貴方の細かい仕草やちょっとした癖などに気が付くたびに、びっしりと書き留めていました。

そんな私達がいつ恋人になったのか、きっと私にも貴方にもはっきりとは言えないでしょうね。強いて言えば、深夜の二時を初めて貴方と一緒に過ごしたあの夜でしょうか。あの時は急に他の人が来れなくなって、どうしてもと頼まれて、夜中まで貴方の中に残っていたのでした。いつも貴方に会うのは昼か夕方だったので、貴方の中に夏の夜の匂いがする空気が流れ込んでくるのを感じて、どきどきしました。

帰り際、ふと、貴方の困った顔が見たくなった私は、貴方にこう声をかけました。「コンビニエンスストアと人間って、セックスできると思いますか？」私は貴方が赤くなったり、戸惑ったりするだろうと思いました。けれど、貴方はさらりと答えました。

「何を言ってるんだい？　もうしてるじゃないか。君は毎日、僕の中に入ってる」

生真面目な顔で貴方がそう言った時、私たちは恋人同士になったのかな、と思います。

それから、私は仕事ではなくデートをしに、お洒落をして貴方に会いに行くようになりました。貴方も、雑誌の棚とか窓とかをぴかぴかにして、少し気取って私を迎えるようになりました。

じっくり考えてみると、その理屈だと夜勤のおじさんとか店長夫婦とか何百人も来るお客様ともセックスをしていることになるのですが、貴方が当然のように、「え？　僕は君としかこんなことをしたことがないよ」と言うので、きっと貴方の中では何か違いがあるのだろうと思っています。

貴方と出会って三年ほどしたころでしょうか。私が突然、貴方が一か月後に死んでしまうことを告げられたのは。

私は驚いて口もきけませんでした。コンビニエンスストアが三年で死んでしまうなんて、思ってもいなかったのです。

けれど、本当に貴方は死んでしまいました。貴方が死んでしまう前の二日間、貴方の中のものは全部半額になって売られ、大勢の人が買い漁って行きました。私はそれを見ながら、貴方にはもう二度と会えないと思いました。

だから、貴方が生きていた場所から自転車で十五分ほどの所に、新しく生まれ変わると店長から聞いた時には驚きました。コンビニエンスストアとお付き合いするのは初めてでしたが、こうして死んでも生まれ変わる性質だとは知らなかったのです。

生まれ変わった貴方と私はまた恋に落ちました。それから私がファミリーレストランと浮気をしたり、貴方がまた死んだり、いろいろありましたね。三回目に貴方が死んだ時には私も慣れたものでした。別れと再会を繰り返し、十七年経った今も貴方の側にいます。

周りからは、「何でコンビニエンスストアと付き合ってるの？　人じゃなくていいの？」「そんなに長く付き合っていて、飽きない？」などとよく言われます。「どうせ、本物の恋愛じゃない。小説のネタにするために付き合ってるんだろ」とも言われます。

私は慣れてしまって何とも思いませんが、この前デートしている時に冗談交じりに言ったら、貴方は少し悲しそうな顔をしました。私は、「こんな話を聞かせてごめんね。殺してこようか?」と聞きました。半分冗談で、半分本気でした。「あんまりヒトを殺すのは、よくないよ。ヒトは僕と違って死んでも生き返らないから」と貴方は生真面目に答えました。

そういえば、貴方が感情を顔に出すのは珍しいですね。冗談を言っても貴方はあんまり笑ったりしませんし、突然寄りかかったりスキンシップをしても、赤面するわけでもなく、平然としています。それでも、貴方のことをどうして好きかなんて、言わなくても伝わっているものだと思っていました。なのにこの前、もう百回目以上になる別れ話で延々と貴方と議論になった時、貴方までもが、「君はどうして僕と付き合っているのか、未《いま》だにわからない」と言いましたね。

私はとてもショックでした。そして、貴方にわかってほしくて、それで、こうして筆をとったのです。

好きな所はいろいろありすぎて、原稿用紙が百枚あっても足りないので、簡潔に理由を一つだけ述べます。

私が貴方を好きな一番の理由は、貴方が私を人間にしてくれたからです。

貴方はヒトではない、と皆は言いますが、貴方と出会うまで、ヒトではないのは私のほうでした。少なくとも、上手に人間ができる人間ではありませんでした。貴方の側にいることで、初めて、私は人間になったのです。

貴方が私に朝と昼と夜という時間の流れを与えてくれ、「現実」という世界を歩き回る不思議な靴をプレゼントしてくれました。私にとって貴方は魔法使いでした。貴方がいなければ私は「朝」という時間がこの世にあることすら感じられないまま生きていたでしょう。

随分と重い感情を伝えてしまって、ひょっとしたら私達は本当に別れてしまうのかもしれないですね。恋は私を人間という化け物にしてしまったのに、貴方はいつまでたってもコンビニエンスストアのままなのだから。膨らみすぎた私の愛情は貴方には重すぎるのかもしれません。

貴方を失う時のことを、考えます。私は貴方がいないと、人間であるということを、また忘れてしまうかもしれない。そんな風に貴方に依存していることが怖くもあります。

けれど、もう少しだけ、貴方の側にいさせてください。貴方はあちこちボロボロだし、朝からピンポンピンポンうるさいし、「僕は建築物だから」と動こうとしないのでいつもデートは同じ場所だし、「手料理だよ」と出してくるものにはやたらと添加物が入ってるし、「みてみて！　新しいこと始めちゃった！」といきなりコーヒーマシンを入れてみたりして苦労させるし、そもそも、やっぱり夜勤のおじさんやら店長やらを身体の中に入れて自由に蠢かしていて、あれは浮気なのではないかと怪しいし、欠点だらけな気もするのですが、その欠点こそが魅力だと思うのだから、私の恋は重症なのでしょう。なので、この病気が治るまで私の側にいるのが、貴方の義務だと思います。

明日の朝、また貴方に会いに行きます。最近はついついマンネリで同じジーンズばかり穿いたりしてしまっていましたが、明日は新品のワンピースで行きます。だから、貴方も業務用冷蔵庫の中まで掃除して、お洒落して待っていてくださいね。

そういえば、私達はキスをしたことがありませんね。明日が、初めてのその日になるのだと思います。かしこ

二〇一四年十二月

村田沙耶香

（「LOVE LETTERS 2015」二〇一五年一月号「文學界」）

私達にはなぜヒーローが必要なのか？

初恋より早く、ヒーローのことを好きになった。

私が生まれて初めて胸を高鳴らせ、夢中になり、「男」を意識したのは、現実の男の子ではなく、漫画の中のヒーローだった。

彼は、兄が集めていた少年漫画の主人公だった。その感情に何という名前を付けていいのかわからないまま、必死に彼の進む物語を読み漁った。背中が大きくて、繊細な指で銃を扱う、大人の男の人だった。彼の発する言葉や、ちょっとした仕草の一つ一つを丹念に眺め、痺れるような気持ちになった。彼の身体が作る洋服の皺の形さえ好きだった。

学校の友達も皆、彼に夢中だった。私達は口々に、「格好いい」と彼を褒め称《たた》えた。自分の身体に灯《とも》った新しい感情を表すのに、子供だった私達はその言葉しか見つけられなかった。けれど、その「格好いい」には、一人一人、違った感情が込められていたと思う。

彼に真剣に恋をしていた女の子もいただろう。彼は冗談をよく言う人だったので、楽しい友達ができたような気持ちでいた子もいたかもしれない。男の子になって彼と一緒に戦いたいと思っている子もいたと思う。大人の男性である彼のことを、理想の兄に甘えるような口ぶりで話す子もいた。または、彼自身になって、その強靭《きょうじん》な肉体と精神を手に入れたいと願った子だっていたはずだ。

私達は子供で、まだそれぞれの抱く感情を上手に言語化できなかった。「格好いい！」「そうだよね、本当に格好いい。大好き！」「見て見て、この表情！　格好いい！」と、その言葉を必死に繰り返しては、かろうじて彼への感情を表現しようとしていた。

私自身の、彼というヒーローへの感情はというと、強いて言えば、「憧れ」という言葉が一番近かったような気がする。はっきりとした信念をいつでも持っている彼を、尊敬していた。そして、彼に恥じない自分になりたいと思っていた。

彼というヒーローと「出会って」から、私は、悪趣味な冗談に笑ったり、悪口を言ったりすることに非常に敏感になった。また、そういった場面で声に出して注意することができない自分を恥じるようになった。「彼なら、ここで自分を曲げない」と、私は何度も思った。いつも彼が見ている気がしていたし、彼の正義が私を裁いていた。

そういう意味では、彼は怖い存在でもあった。彼は、私が「なりたくない自分」になりそうになった時に、警報を鳴らし、私を導いてくれる人だった。

少年漫画の中を生きる彼は、常に死と隣り合わせだ。彼が窮地に陥ると、必死に彼の勝利を祈った。

それは、恋よりも純粋な感情だったかもしれない。自分の人生とはまったく関係のない世界の戦いについて、只、ひたすらに、「ヒーロー」の勝利を祈り続けていたのだから。

祈ることが、彼と一緒に戦う、唯一の手段だった。それは清潔な宗教のようでもあった。彼がなんとか勝利をおさめると、自分の祈りが空に届いたように思えて涙した。兄などは、「主人公だから、死ぬわけないじゃん」などと言って涙もろい私をからかったが、そういう問題ではなかった。祈るのをやめたら、すぐにでも彼が死んでしまうような気がしていたのだ。

こうして文字にすると、病気のような感情だと思う。けれど、彼を真剣に想うことで、どれほどのことを教わっただろう、と感謝もする。彼は私の大切な人生の先輩だった。

ヒーローに対して異様なほど純粋な想いを持ち、夢中になるのは、何も少女だけの特権ではない。それどころか、大人になればなるほど、より純粋に「ヒーロー」を愛しているのではないか、と思うことがある。

私の周りにも、心に大切なヒーローへの想いを抱いている大人の女性が沢山いる。海外ドラマの俳優だったり、スポーツ選手だったり、映画や本の中の人だったり。驚くべき純粋さで、自分の大切な「ヒーロー」の話をする彼女たちは、「彼がいるから生きていけてる」とすら言う。ヒーローを想うことが、自分が生きていく原動力になっているのだ。

私にも同じように、大人になった今でも、大切に想いを捧《ささ》げているヒーローがいる。そういえば、恋をしない時期はあっても、私の中からヒーローが消えた季節はなかったように思う。物語の中でも現実世界でも、私は様々な場所で自分の「ヒーロー」と出会い、夢中になった。それは、私自身がヒーローを探しながら生きているからかもしれなかった。

なぜ、自分はヒーローを探さずにはいられないのか。その理由を、大人になった今、少しだけわかるようになった気がする。

私たちの人生は彼らが生きる映画や本の世界のようにドラマチックではない。それでも、誰もが、戦わなくてはいけない。毎日、小さな戦いを繰り返すことで、明日という時間を手に入れていく。

子供の頃からそうだったのだろうが、大人になってますます、自分が「戦って進んでいる」感覚が強まっていった。少女のように、大人に守られた安全な世界で眠るわけにはいかない。望む望まないにかかわらず、自分自身が「ヒーロー」にならなければいけなくなってしまったのだ。

時には命懸けの戦いをしている彼らと私たちの戦いは、もちろん同じではない。けれど、日々起こるささやかな戦いを乗り越えながら、かろうじて前へ進んでいる時、ふと気が付くのだ。憧れの「ヒーロー」が持っているのととてもよく似た魂の欠片《かけら》が、自分の身体の一部に宿っている、ということに。

少女の頃、「格好いい!」と手に汗を握りながら叫んだあの時、「ヒーロー」が持っていた、信念、勇気、強靭さ。そういうものが、今度は自分の身体の中から発見されるのだ。私はヒーローを愛し続けるうちに、いつの間にか、彼らを摂取していたのだということに気が付く。彼らを見つめ、その言葉を反芻《はんすう》し、彼らの強さを信じ続けることで、いつの間にか彼らを自分の身体の中に摂り込んでいたのだ。

私がヒーローをいつも探しているのは、私自身がヒーローとなって進んでいくために、彼らが必要だからかもしれない。彼らを摂取することで、私は本当の私の形になることができるのだから。

だから、私は今もヒーローを愛し続ける。彼らに憧れ、彼らの勝利を祈り、そして彼らを全身で吸収しながら、今日も自分の世界を生き抜いていくのだ。

（二〇一五年三月号「FRaU」）

誓いの色を着た日

黒のドレスを着て行こう、と直感で決めていた。

芥川賞を頂くことになった日の翌日、一か月後の授賞式についての説明を聞き、「当日のお召し物、皆さん悩まれるんですが……」と衣装の話題になった時は、なぜだかもう既に、頭の中に黒いドレスを着た自分の姿が浮かんでいた。

私は黒い服をほとんど持っていない。自分にはあまり似合わない色だと思っているからだ。顔色が悪いせいか、黒を着ると青ざめているように見える。なので、白や淡いベージュなど、なるべく顔色がよく見える服を着るように心がけている。

それなのに、その日だけは、どうしても黒のドレスが着てみたくなったのだった。周りからどんな風に見えてもよかった。私はその日、誓おうとしていたのだった。だから、それにふさわしい色を身に纏いたいと思ったのだった。

受賞してからは目まぐるしい日々で、ゆっくり買い物をする余裕がある日はほとんどなかった。休日になんとか身体を起こして美容院に行き、ばさばさに伸びた前髪を切ったあと、急ぎ足で近くにあるブティックをまわった。授賞式まであと二週間を切っていた。今日買うしかないと思った。

黒いドレスなどたくさんあるから、すぐに気に入ったものが見つかるだろうと思っていたが、それは甘かった。秋冬用の長袖のものしかなかったり、やっと夏物を見つけたと思えばロングドレスでイメージと違ったりと、試着をしては鏡の中の自分に首をかしげた。やっぱり自分には、黒はあまり似合わないのかもしれないとも思った。だが、店員さんが他の色のドレスを出してきても、譲らなかった。何であろうと黒が着たいのだった。

なんでここまで黒にこだわるのだろうと考えて、そういえば子供の頃、自分が黒い服を着るのが好きだったことを思い出した。兄が生まれて六年後に生まれた私に、母は女の子らしい洋服を着せたがった。母が買ってくる可愛いピンクや花柄の洋服が、私はあまり好きではなかった。自分のお年玉で近所の安い洋服店で黒い服を買い、それを好んで着た。

「黒が好きなのねえ」

母は溜息をついた。黒は、私を高揚させる色だった。黒を着ていると、強く、逞しい自分になれている気がした。

その頃、熱心に書いていた少女小説のヒーローも、黒を身に纏っていた。強くて、嘘をつかなくて、弱い者を全力で守る男の子。黒は、私にとってヒーローの色だった。大人になって、特別な日に再び黒を着ようと思ったのは、あのころ紡いでいた物語の中の男の子みたいに、強く、真摯になりたかったからかもしれなかった。

これで最後にしよう、と入ったブティックで、一着のブラックドレスを見つけた。そのドレスは奥の方に静かにぶら下がっていた。ノースリーブのシンプルなドレス。スカートの部分が特徴的なシルエットをしていて、前が短くて後ろが長く、歩くと後ろでふわふわと裾が揺れる。長い裾が後ろで揺れる様子は、どこか、花嫁のヴェールを思わせた。

「これにします」

迷わず店員さんに告げた。人生で買った中で一番高いドレスだった。この黒いドレスで、小説と結婚したいと思った。私にとって、ヒーローと同時に花嫁にもなれるドレスだった。

そんなに高い洋服を買ったことがないので、お直しが終わったドレスを家に持ち帰ってからも、しわにならないか、破いたりしてしまわないか、当日まではらはらしていた。美容院に髪をセットしに行く時も、本番用のドレスは家に置いて行った。

「今から着替えるんです。真っ黒なドレスです」

そう美容師さんに告げると、美容師さんは私の髪を全部あげて編み込んだアップスタイルにしてくれた。髪をこんなふうに全部あげて首筋を出すのも、私には珍しいことだった。

精いっぱいの正装で、会場へ向かった。着飾りたいというよりは、自分なりの聖なる衣装を着たいという気持ちだった。緊張していたけれど、高揚もしていた。

会場に向かう車の中で、外の光を反射して複雑に光るドレスの裾を見つめた。黒の中の光を眺めていると緊張が少し収まった。裾を握りしめたくなる衝動をおさえながら、手に持った紙に書かれたスピーチを、小さな声で何度も繰り返していた。

スピーチで喋ったのは、これから一生書いていく自分のための、私なりの誓いの言葉だった。本番では緊張で指先が震えそうになったが、しっかりしろと、黒いドレスが私の背筋を伸ばしてくれている気がした。スピーチを終えた私のところに、友達が皆で来てくれた。

「ドレスの色、意外だった」

と言われて、そうだろうなあ、と思った。私も、自分がいざという時に、真っ黒なドレスを選ぶとは思っていなかった。

たくさんの花束を頂いて家に帰り、いそいでドレスを脱いで部屋の一番いいところにかけた。薄暗い光の中で、世界に穴が開いたような、漆黒のシルエットがゆらゆらしていた。それを見て、高校の時、美術部で油絵を描いていた頃、黒い絵の具は絶対に使うな、と言われたことを思いだした。買った黒ではなく、赤や青、緑、たくさんの色を混ぜて、自分だけの黒を作らなければいけない。その言葉がとても好きで、絵をあまり描かなくなってからもずっと覚えていた。

私にとって、きっと、黒はとっておきの色なのだった。次にあのドレスに袖を通す時は、どんな特別な日なのだろう。そんなことを考えながら眠りについた。明日からは、また淡い色の服を着て小説を書く日々だ。次の誓いの日まで、あのドレスは眠り続けるのだと思う。私にとってあのドレスは、小説と生きていくことを祈るための誓いのドレスだった。いつか再びあのドレスを纏った私の中に、今度はどんな言葉が発生するのか。その特別な日を、今からとても楽しみにしている。

(「ブラックドレス」二〇一七年八月号「SPUR」)

憧れの発明品

子供の頃、友達の間で「発明品を考える」という遊びが流行ったことがある。その時私が考えたのは、「舌カバー」という商品だった。

子供時代の私はとても好き嫌いが多く、苦い野菜が食べられなかった。舌にカバーをつければ嫌いなものでも味がしないで食べられると思ったのだ。

このアイデアに、私の好き嫌いに手を焼いていた家族は、「そりゃあ便利だなあ」と笑った。私は密かに、これがいつか商品化されないかと思っていた。

それからも、たまに舌カバーのことを考えることがあった。友達に説明して、

「ねえ、なんで舌カバーって商品化されないのかな?」

と聞くと笑われた。

「いや、舌をカバーすれば味を感じないかもしれないって、誰でも思いつくと思うけど、そういうグッズがないってことは、何かあるんだよ。そんな簡単にはできないんだよ」

たぶんそうなのだろうなと思う。頭の中に具体的な「舌カバー」を思い浮かべてみるが、なかなか実現は難しそうだ。舌の大きさは人それぞれだろうし、よほど根元をフィットさせないと液体が入ってきて味がしてしまうだろうし、そもそも舌をそんなにがっちりとカバーして身体に影響はないのかもよくわからない。

けれど、ほとんど好き嫌いがなくなった今も、なぜだか、「そういえば、舌カバー、どうなってるかなあ」と検索してしまうことがある。今では苦い野菜も大好きで、舌カバーを欲しいと思う理由もさほどないのに、なんとなく夢見てしまうのだ。

舌カバーとは真逆の商品だが、星新一さんの短編にある「味ラジオ」も、子供の頃からずっと「いつか実現しないかなあ」と思っているものの一つだ。味ラジオとは味を発信するラジオで、物語の中で、人々は味のないガムを嚙みながら、ラジオから流れるいろいろな味を楽しんでいるのだ。口の中に味を発信するラジオをつける、というアイデアがとてつもなく印象的で、魅力的で、忘れられない。

憧れが過ぎて、実際に工作をして「発明品」を作ってしまったこともあった。「バーチャルリアリティー」という言葉が一斉に広まった時のことだ。小学生だった私は、突然思いついて、厚紙で窓枠を作った。ノートを貼り合わせて作った横に長い紙に、海や山などの「外の景色」を描いて、厚紙の窓枠に入れた。それから机の下に潜り、手で引っ張って手動で絵に描いた景色を流し、「電車の中ごっこ」をしたのだ。「机の下にいるのに、窓の外が動いて見える気がする！　これがバーチャルリアリティーか」と一人で感動していた。本当に稚拙な工作だったが、そのことが忘れられなかった。そのせいか、今でも窓の外の景色が動く機械があったりすると、つい飛びついて見てしまう。もうそんな発明はとっくに実現しているというのに、未だにどうしようもなく惹かれてしまうのだ。

「ドラえもんの道具、何が欲しい？」

なんて話題で、お酒の席で無邪気に何十分も話してしまうことがあるが、子供の頃憧れた未来の道具や発明品は、大人になっても忘れることができなくて、焦がれ続けるものなのかもしれない。もし「舌カバー」が本当に手に入った時には、苦手な青汁を毎日飲んでみよう、なんてことを考えながら、ついつい今日も憧れの発明品を検索してしまうのだ。

（「プロムナード」二〇一八年一月三十一日「日本経済新聞」）

散歩、旅することについて

ダイアログ・イン・ザ・ダーク

子供の頃から、暗闇は一番身近な異世界だった。夜になると近所の神社や林には、引きずり込まれそうな気がして決して近づくことはなかった。木に囲まれた暗闇はどこか遠い場所へ繋がる入り口に思えて、一度そこへ入ったらきっと戻って来れないと感じていたのだ。怖いのに「闇」にはどこか惹かれるところもあって、こっそり和室の押入れに入り込んでみたこともある。襖《ふすま》を閉めてもどこからかうっすら光が入り込み、両手で隙間を押さえても本当の暗闇にはならなかった。どこかで光の筋にほっとしながらも、とてもがっかりしたことをよく覚えている。

「ダイアログ・イン・ザ・ダーク」というイベントのホームページを見つけた時、すぐにこれだと思った。「まっくらな中で、五感をとぎすます」「まっくらやみのエンターテイメント」真っ黒なページに浮かび上がる言葉たちは、たまらなく私を惹きつけた。

「ダイアログ・イン・ザ・ダーク」では、参加者は何人かとグループになり、完全に光が遮断された空間の中へと入っていく。目が慣れても何も見えない、本当の暗闇だ。暗闇の中で杖《つえ》とアテンドの案内を頼りに進み、さまざまなシーンを体験する。一九八八年にドイツで発案されたこのイベントは、世界二十五カ国で開催され、体験者は六百万人を越えるという。「もう一度、あの暗闇に包まれたい」と何度も訪れる人も多いというこのイベントを、自分も体験してみたくてたまらなかった。

予約の日が決まってから実際に行くまでの間、ずっとそれがどんなものであるか、暇があれば想像していた。我慢できずに風呂場で明かりを消したりしてみたが、押入れで襖を閉めたあの時のように、どこからか光が入り込んでうまくいかなかった。淡い光ですっかり浮かび上がってしまった灰色の輪郭に囲まれてお湯につかりながら、いっそう「真の暗闇」への期待を募らせていた。想像の中で、私は墨汁の中に溶けたように肉体を失くし、宇宙空間に似た広い場所を漂っていた。暗闇とはそういう場所だろうと、漠然と思っていた。しかし実際に体感した暗闇は、想像とは大分異なるものだった。もし、このイベントに興味がある人がいたら、この先を読まずに体験して欲しいと思う。何も知らない状態での「探検」の方が楽しいに決まっているからだ。

イベントが行われていたのは、何度か前を通ったことがある灰色のビルだった。階段を降りて中に入ると、ソファが並べられた落ち着いたロビーがあった。受付で案内をされ、少しの小銭だけをポケットに入れて、残りの荷物は全てコインロッカーにしまう。身支度を終えて戻ると、ロビーには少しずつ人が集まってきていた。今日一緒に暗闇を体験するメンバーだとわかったが、声をかけあうことはない。それぞれ一緒に来た相手と話したりソファに座ってパンフレットを眺めたりしていた。

やがて時間が来て、受付の前に出発メンバーが集められた。中では落し物をしたら探せないとのことで、ロッカーの鍵をスタッフの方に預ける。それほどの暗闇なのだと期待が高まる中、まずは目を慣らすために、一段階暗い部屋に入った。そこで、一人につき一本、白い杖が渡された。暗闇の中ではこの杖を頼りに歩くことになる。持ち方と使い方を教わり、さらに暗い部屋へと進む。そこではアテンドの木下《きのした》さんが待っていた。アテンドとは視覚障害者の方で、暗闇の中で戸惑う私たちを案内してくれるのだ。木下さんの自己紹介があり、続いて八人のメンバーもそれぞれ名乗って挨拶をした。二組のカップルと、女性が二人、一緒に来てくださった編集者さんと私という八人がメンバーだとわかった。「ダイアログ」が「会話」を意味していて、暗闇の中で対話するというのが趣旨だとわかっていたが、私は「暗闇と」もしくは「暗闇の中の自己と」対話することばかり想像していたので、その時初めてメンバーというものを意識して少し緊張した。

それから中での暗闇にびっくりしないよう、その部屋の薄暗い明かりが消されることになった。部屋は暗くなったがまだ本当の暗闇ではない。私は部屋の壁にある非常灯がついているのをすぐ確認し、じっとその光を見てしまった。「さあ、いよいよ探検に出発しましょうか」木下さんが言い、ついに真の暗闇の中へ進むこととなった。

不思議なことだが、中に入った時、暗いというよりも「暗闇が眩しい」という感覚があった。闇に慣れきっていない目がちかちかし、光の中にいた頃の残像と暗闇が混ざりあった。この時の感覚はそれぞれ違うのだろうと思う。闇に包まれた八人はそれぞれ声をあげ、暗闇との遭遇を思い思いに表現している。

私は目の前にある暗闇が大きな人影に見えてきて、ひたすら身を避けようとよじったり、顔を後ろに引いたりした。必死に足元を探る杖の先にはなにも当たらないというのに、どうしても、顔のすぐそばまである闇が何か大きな生物の影に思えてならなかった。しばらくそうして暗闇相手に格闘し、最終的には杖から片手を離して前方をさぐり、顔の前に何もないことを確認した。だが「顔のすぐ前に何かがある」感覚は拭えず、自分の手のひらも見えないので本当に前を確認できているのか、宙を切る感覚だけでは自信がもてなかった。

自分はそれほどまでに「目」に支配されているんだと驚いていると、「では、こちらへ集まってください」という木下さんの声が聞こえた。暗闇の中で溺れたようになっていた私は急いで声のするほうに向かった。ほかの皆の声や気配もそちらへ集まっていくのがわかる。私たちは光に集まる虫のように、木下さんの声のそばへと群がった。

どうやら、私たちがいるのは公園のようだった。微かに土の匂いがし、足元には砂や落ち葉のような感触がある。公園で簡単な遊びをしているうちに、ようやく、何かが顔のすぐ前に迫っている感覚から抜け出せた。しかし目の前に広がる闇は、来る前に想像していたような墨汁の空間ではなかった。これも人によって異なるのだろうが、私にとって闇は、いろいろな深さの黒の粒の集まりだった。何も見えないというよりかは、鮮やかな黒い点画に包まれているような気分だった。それはとても鮮明で、闇に対する「眩しい」気持ちは拭えずにいた。

周りの人との距離感もわからなかったので、肌が触れ合っていると安心した。今日初めて会った人の肌にほっとするというのが自分でも不思議だった。それは自分だけの感覚ではないようで、「満員電車では密着が不快なのに、ここでは心地よいと仰《おっしゃ》る方がいます」と木下さんの説明があると、メンバーの何人かから、自分もそうだという声があがった。

人間との距離感もだが、空間の広さもまったくわからなかった。それは思っていたより不安な状態で、私は思い切って、「端っこ」を探して歩き始めた。皆とはぐれないように用心深く声を聞き取りながら、闇へ向かって歩き続ける。どこまでも続く空間に不安になった頃、ようやく草とそれが絡まった大きな柵のようなものにぶつかった。やっと見つけた広さの手がかりに安心して、しばらくそれに触れ、握り締め、手触りを確かめた。

木下さんの声がかかって、闇の中を再び移動した私たちは、膝より少し低い位置に、長方形のものを見つけた。「ベンチだ」と誰かが言った。皆、気付いたことや見つけたものを、声に出して実況するようになっていた。それをベンチだと判断した私たちは、並んでそこに腰掛けた。

「今、隣にいるのは誰ですか？」

そんな不思議な質問に、「村田です」と答えた。肩が触れ合っているのに、それが女性であるということくらいしかわからなかった。それぞれ隣が誰だか確認しあっていると、向こうから、「あ、ここ、寝そべれる！」という声が聞こえた。驚いて後方に手をのばすと、さっきまでせいぜい三十センチほどだろうと思っていたベンチが、実際には後ろに大きく広がっていると気がついた。

「ここは、ある女の子の部屋なんです」

そう言われて初めて、ベンチだと思っていたものは家の縁側なのだと把握した。木下さんの勧めで、皆で部屋にあがってみることになった。靴を脱ぎ、再び見つけなくてはならないので、縁側から手を伸ばして自分の靴を必死に触って感触を覚えた。履き慣れた自分の靴なのに、そんなふうに手で確認するのは初めてだった。

部屋の中でテーブルや、戸棚を漁っているうち、だんだん奇妙に無邪気な気持ちになっていた。不安感はなくなり、好奇心がやけに旺盛になって、部屋のものを手当りしだいに触りまくった。誰にも見えていないせいもあるのか、不思議な解放感があったのだ。はさみを渡すとか、立ち上がるとか、小さいことでも周りとコミュニケーションをとる必要があって、それも連帯感を生んで面白い。

部屋を出る頃には、暗闇が楽しいものになっていた。好奇心が止まらなくなっていた私は、歩き回って、足元の砂に触れたり草木を握ったりした。暗闇の中は、とても鮮やかな世界だった。密着した誰かの体温と服の感触、足の裏の感覚、温度、全てに敏感になっていた。体中が手のひらになったようだった。普段は感触といえば手を使って確認することが多いが、その頃には全身でいろんな感覚を読み取ろうとするようになっていた。この中でもっと泥だらけになって、体中で遊び続けたい衝動にかられる。

子供の頃、体の表面全部を使ってはしゃぎ続けたことを思い出す。校庭の水溜りで、噴水で、全身で世界と対話しながら遊んだ頃の状態に戻っている気がした。

暗闇の中の探検はあっという間に終わり、最後にカフェへ入って、暗闇の中でお茶をした。私は葡萄《ぶどう》ジュースを頼んだ。今自分が飲んでいるものが紫色なのか、白っぽいものなのかもわからないまま飲み干す。嗅覚も敏感になっているのか、他の人の飲んでいるものの匂いもやけに強く感じた。

暗闇の中の散歩が終わると、今度は一段階明るい部屋へと入り、目を光に慣らしていかなくてはならなかった。最初の部屋はかなり弱い光の照明器具が置いてあるだけだったが、それでも眩しくて、とても直接見ることができなかった。その部屋で、しばらく輪になって椅子に腰掛けた。さっきまで「感触」と「声」だけだった人間たちの姿がうっすらと見えたが、姿を見ても誰が誰だかわからない。

光が気持ち悪く思えた私は、照明から目を逸《そ》らすのに必死だった。「この時、目の前が砂嵐のように見えるという人もいます」と木下さんが言った。私の目の前はまさにそういう状態になっていた。

外に出ると、さっきまで親しく声をかけあっていた八人の距離感は元に戻っていて、ほとんど言葉を交わさなくなっていた。私は何度か隣になって言葉を交わした女の人がどの人だったか見つけようと、こっそりと耳をすませて声を聞きとろうとしていたが、うまくいかなかった。服の感触を確かめれば簡単にわかるのかもしれないが、明るくなってしまった世界では触れることはできなかった。男性二人も、闇の中ではどちらがどちらか、声の高さや表情で感じ取れていたのに、明るくなると区別がつかなくなっていた。

この体験で、一番忘れられないのは帰りの道のりだったかもしれない。来た時と同じ道を通ったのに、そこがまるで違う世界に感じられた。視覚と触覚の情報の重要度が自分の中で同じ位になっている、と言えばいいのだろうか。たとえば人間を見ても、「五十歳前後の女の人で、買い物帰りの主婦のようだ」と判断すると同時に「あの物体の感触はどんなものだろうか」と考えている。暗いところにいた時の癖で、人間にも物にも、つい手を伸ばして感触を確かめたくなった。目から見えている情報だけでは「みえて」いない気がして、触れて調べたくなるのだ。体中が敏感になって全身で感触を味わいたくなる感覚が、いつまでも残っていた。

路地を歩きながら、怪しく思われない程度にいろんなものを触ってみた。しかし視覚の情報が邪魔をして、暗闇にいた時ほどには強く感触を味わえていない気がした。

けれど普段より、この世の物体全てに一歩歩み寄っているようで、不思議な心地よさがあった。

その夜、布団に入りながら、昼間に包まれていた闇を思い出していた。美術部で油絵を描いていた頃、影を塗る時に絶対に黒い絵の具は使ってはいけないと教わった。全ての色彩を合わせて、パレットの上で黒をつくらなくてはならないのだった。今日、自分が包まれていた闇はそうした黒だった。そこは「無」ではなく、全ての色彩が溶け込んだ「有」の世界だった。

一晩眠ったら、この状態からも覚めてしまうのだろうなと思った。目を閉じると、もう既に少し懐かしくなってしまった、鮮やかな暗闇の面影が見えた気がした。

(「アウトサイド・レビュー」二〇一〇年四月号「文學界」)

港区芝公園界隈

十月六日（土曜日）

今日は宇宙人の山田さんとデートをしました。

山田さんとは出会い系サイトで知り合いました。せいいっぱいお洒落をして、買ったばかりのワンピースにとっておきのネックレスを付けて出かけました。

待ち合わせ場所の芝公園に行きました。山田さんは東京タワーが好きで、タワーがよく見えるこの公園によく来るそうです。私も東京タワーは大好きなのでうれしくなりました。

この公園の風景は、山田さんの故郷とよく似ているそうです。そう言われると、どこか異星の光景のような気がして、私はそびえたつ東京タワーと芝生を山田さんと一緒に眺めました。

まずは芝大神宮に行きました。小さな神社の中に、お百度参りの時に踏んだという「百度石」や、昔、力もちが持ち上げたという石があったりして、見どころがたくさんです。私は自分へのお土産に、小さな招き猫を買いました。山田さんは、狛犬《こまいぬ》が気に入ったようで、私のデジカメで写真を撮っていました。

それから愛宕《あたご》神社へ行きました。「出世の階段」と呼ばれるすごく急な階段がありました。私はわくわくして上ろうとしましたが、山田さんは「無理無理」と言ってジュースを飲み始めました。仕方がないので、一人で上へ行ってお参りしました。上には池があって、船も浮かんでいました。

それから東京タワーに行き、二人でろう人形館に入りました。山田さんはろう人形館は初めてみたいで、とてもおびえていました。歩けなくなってしまった山田さんと手を繋いで、引いて歩きました。山田さんの手は少しぬるぬるしていて、手の甲には微かに鱗《うろこ》のようなものが見えました。

山田さんはプライドが傷ついたようで、「僕はほんとは怖くなかった」と言っていました。

そのせいか、次に寄ったNHK放送博物館では、つんけんとした態度でした。「大体、人間はこの星の真ん中に自分がいると思ってるけど、僕はそれが気に食わないんだよね。僕はこの星の動物と結婚するなら、梟《ふくろう》か羊がいいな。可愛いし、賢いし。当然のように自分が選ばれると思っている、人間みたいな動物は嫌いなんだよね」と言

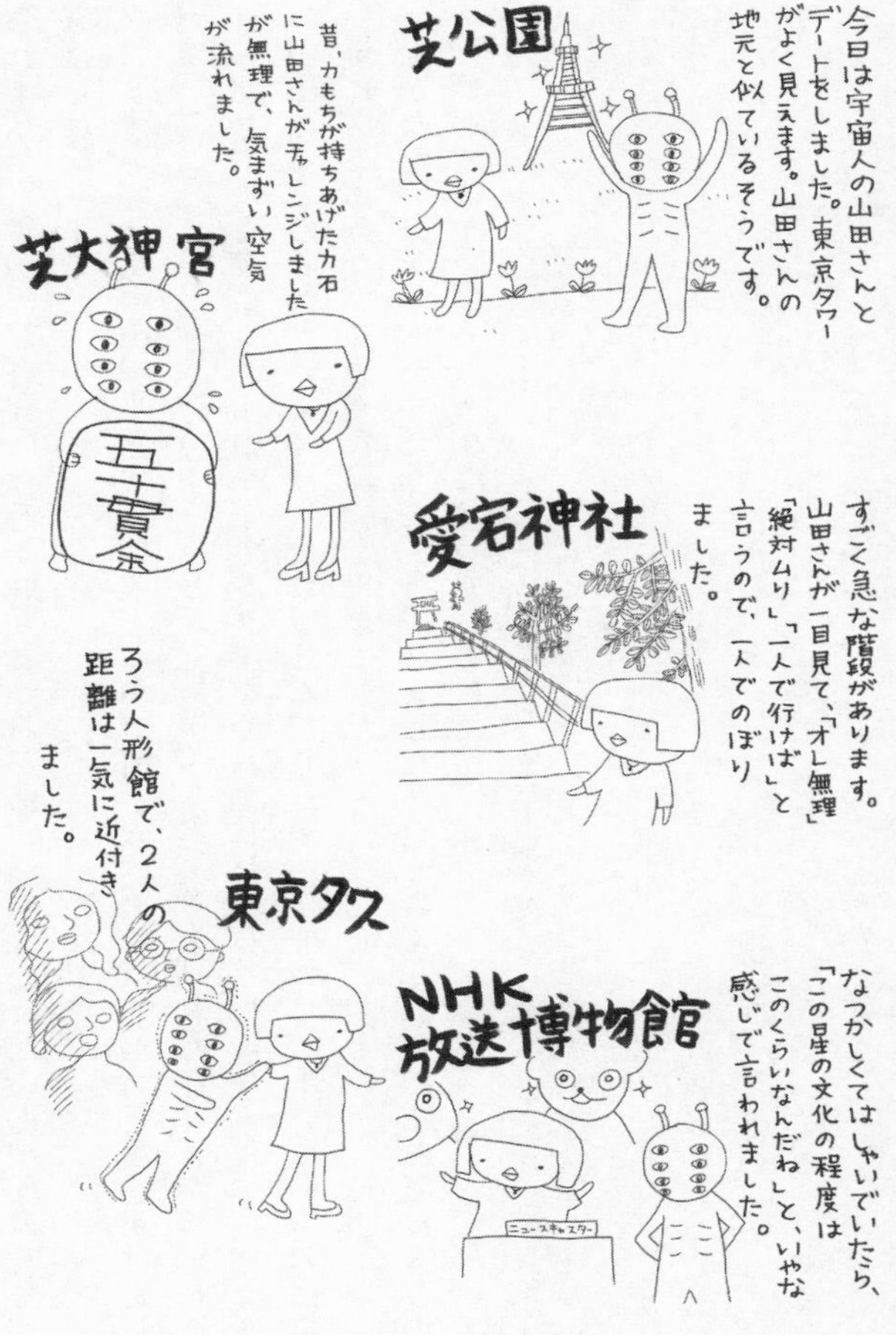

今日は宇宙人の山田さんとデートをしました。東京タワーがよく見えます。山田さんの地元と似ているそうです。
芝公園
昔、力もちが持ちあげた力石に山田さんがチャレンジしましたが無理で、気まずい空気が流れました。
芝大神宮
五十貫余
すごく急な階段があります。山田さんが一目見て、「オレ無理」「絶対ムリ」「一人で行けば」と言うので、一人でのぼりました。
愛宕神社
ろう人形館で、2人の距離は一気に近付きました。
東京タワー
なつかしくてはしゃいでいたら、「この星の文化の程度はこのくらいなんだね」と、いやな感じで言われました。
NHK放送博物館
ニュースキャスター

われました。確かに、自分にはそういうところがあったかもしれないと、反省して、気持ちが沈みました。

気まずい雰囲気の中、歩き疲れて「どこかで何か食べましょうか」と声をかけましたが、「いや、もう遅いんで」とつれない態度でした。でも別れ際に「よかったら今日の記念に」と東京タワーのキーホルダーをくれました。

山田さんとの間にロマンスは生まれませんでしたが、自分の星を歩いているのに遠い星にいるような、不思議な経験ができました。

なかなかいいデートだったなあ、と思いました。たくさん歩いたのでお気に入りのワンピースは汗でびっしょりになっていました。

（「村田沙耶香的、空想東京さんぽ。」二〇一三年冬号「Feel Love」）

北区飛鳥山界隈

一月二十三日（水曜日）

今日は明日死ぬ佐藤さんとデートしました。

佐藤さんは、明日の朝八時に交通事故で死にます。未来から通知が来てからは、仕事の引き継ぎや荷物の整理などに追われていましたが、昨夜やっと一段落ついたと電話がありました。「最後だからどこか豪華な所へ出かけようよ」と提案しましたが、「おれ、王子がいいな」と佐藤さんが言いました。

午前十一時に飛鳥山《あすかやま》公園の前で待ち合わせをしました。公園には山を登るためのモノレールがありました。丸くて未来っぽい形をしたモノレールです。「未来はこういう乗り物が沢山走るようになるのかな」佐藤さんが興味深そうに言うので「うん、そうだよ。これぱっかりになるよ」と適当な返事をしました。

モノレールで公園の山を登り、飛鳥山博物館へ行きました。「おれ、貝塚って好きなんだ。石器とかも好き」と佐藤さんが言いました。縄文時代が大好きみたいでした。

土偶を見て「佐藤さんに似てるね」と言ったら靴紐をほどかれました。佐藤さんは穏やかな人ですが、嫌なことを言われるとスニーカーの靴紐をほどいてきます。地味にめんどくさいです。

それから王子神社へ行きました。緑が多い神社でした。「明日なるべく痛くないように」と二人で交通安全のお守りを買いました。

それから王子稲荷《いなり》へ行きました。キツネの石像がたくさんある神社です。稲荷の一番奥にある、狐穴というところまで行きました。「かわいい。キツネって、やっぱり油揚げ好きなのかな」動物好きの佐藤さんはしばらくいろんなキツネを見ていました。名主の滝公園へ行くと、滝が工事中で止まっていました。「滝も工事するんだね」と笑って、一つだけ流れているという男滝《おだき》の前に行きました。「水しぶきに触れるかな？」と佐藤さんが手をのばしました。すべって足首をひねっていたので、「ざまあ」と言ったら靴紐をほどかれました。

最後にまた飛鳥山へ戻ってきて、リアルな象の形をした滑り台によりかかって、二人で話をしました。「キツネも象もいるんだね。王子には」と佐藤さんは妙に感心した様子でした。佐藤さんに靴紐をほどかれたしかえしをしようと、リュックにこっそり鼻をかんだ紙を入れようとしましたがすぐばれて叱られました。公園には鉄道車両

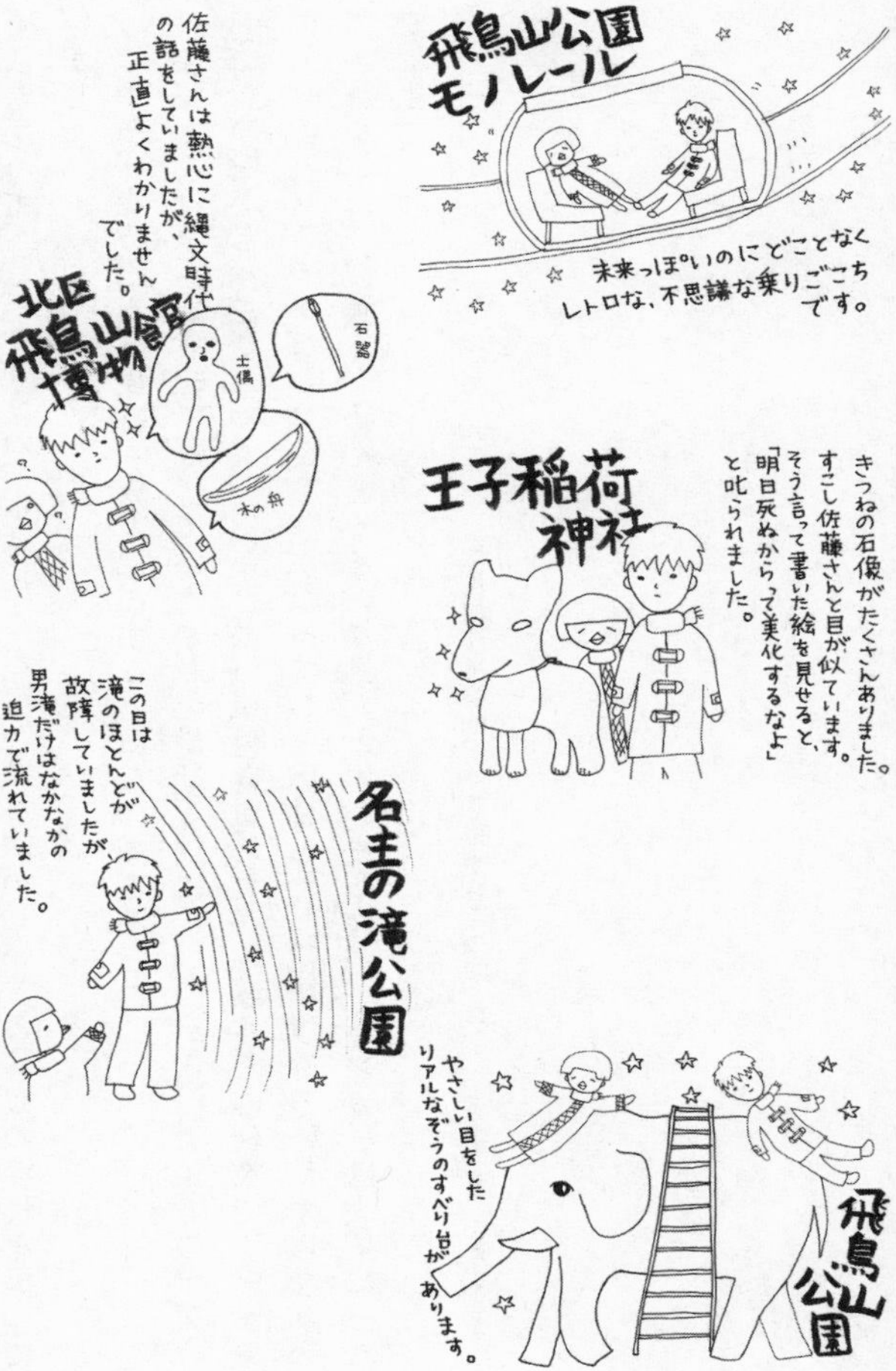
飛鳥山公園モノレール
未来っぽいのにどことなくレトロな、不思議な乗りごこちです。
北区飛鳥山館博物
佐藤さんは熱心に縄文時代の話をしていましたが、正直よくわかりませんでした。
石器
土偶
木の舟
王子稲荷神社
きつねの石像がたくさんありました。すこし佐藤さんと目が似ています。そう言って書いた絵を見せると、「明日死ぬからって美化するなよ」と叱られました。
名主の滝公園
この日は滝のほとんどが故障していましたが、男滝だけはなかなかの迫力で流れていました。
飛鳥山公園
やさしい目をしたリアルなぞうのすべり台があります。

も数台あって、「こういうの、乗ったことないけど懐かしい」とＳＬの写真を撮っていました。

「じゃあ、そろそろ。夜は家族と過ごすことになってるから」

佐藤さんは京浜東北線で帰っていきました。地下鉄に乗ってから、コートのポケットに雪の塊がどっさり入っていることに気が付きました。佐藤さんの仕業です。お気に入りのハンカチがびしょびしょになってしまいました。靴紐以外のいたずらを初めてされました。佐藤さんめんどくさいなあ、と思いましたが、ハンカチは大切にとっておきました。

（「村田沙耶香的、空想東京さんぽ。」二〇一三年春号「Feel Love」）

本郷・千駄木界隈

六月七日（金曜日）

今日は、半年前に駆け落ちしてきたよう子さん（31）とたかしさん（45）を誘って、本郷・千駄木のあたりを散歩しました。

二人はいろいろ事情があって駆け落ちしてきたそうで、今は上野に住んでいます。たかしさんが「よう子が最近落ち込んでるから、気分転換に文学散歩なんてどうかな」と言いました。よう子さんは本が好きだそうです。

金曜日は天気がよくて、三人ともすぐに汗だくになってしまいました。まずは菊坂に行って、樋口一葉の旧居跡にある井戸を見ました。普通の住宅地の中にあるので、三人でそっと路地に入って写真を撮りました。「なんだか懐かしいなあ。小さい頃、住んでた場所に似てる」よう子さんはたくさん井戸の写真を撮っていました。

それから宮沢賢治の旧居跡に行きました。賢治が好きだというよう子さんはとても喜んでいました。「私ね、子供の頃は賢治みたいな人と結婚したかったの。今でも、ほんとはそうなのかな」と、よう子さんが私に耳打ちしました。

東大の方まで歩き、中にある三四郎池を見ました。緑が多い池でした。大学の側にある食堂で食事をして、あんまり暑いので定食と一緒に三人ともビールを飲みました。「本当はお酒、強くないの」よう子さんはジョッキ一杯でふわふわすると言っていました。酔ったせいか、よう子さんが少し饒舌《じょうぜつ》になりました。「あのね、駆け落ちってね、成功するって思わないで、なんとなくやっちゃうじゃない？　どうせ見つかるだろうって、どこかで思ってた。でも私たちの駆け落ち、なんだかうまくいっちゃったのね。誰にも見つからない場所まで上手に来ちゃったんだ、私たち」たかしさんは黙ってエビフライを食べていました。

お腹がいっぱいになったところで、根津神社へ行きました。千本鳥居と呼ばれているという、小さな鳥居がずらりとならぶ神秘的な所を通りました。「なんだか、どこかへ連れていかれちゃいそうだね」とよう子さんが言い、「もう僕たち、どこかへ連れてこられたんだよ」とたかしさんが言いました。

それから夏目漱石の旧居跡へと行きました。石碑と、塀の上に石でできた猫がいました。石碑の題字は川端康成が書いたものだそうです。「いいな。猫はいい」とたかしさんが言いました。少しだけ、よう子さんが笑いました。

菊坂

「樋口一葉に2人の愛を誓おう」と、2人は小指をつないで写真をとっていました。

宮沢賢治旧居跡

「小さいころ、賢治の本よく読んでもらったの」とよう子さんは少しなつかしそうにしていました。

三四郎池

緑の多い池でした。たかしさんは黙って池をじっと見ていました。「そっとしておいてあげて」とよう子さんが言いました。

根津神社

千本鳥居と呼ばれる異世界への赤いトンネルのような所を、よう子さんがするするとくぐっていき、消えてしまいそうでした。

夏目漱石旧居跡(猫の家)

石の猫がいました。「時が止まってるみたいね」「そうだね」と言いながら、2人は手をつないでいました。

それから、谷中銀座へ行きました。おいしそうな食べ物が沢山売っていました。よう子さんはたくさんお惣菜《そうざい》を買っていました。

「駆け落ちって、成功して終わりじゃないのよね。結局、これから生きていかないといけないわけだから。まずは食べないとね」よう子さんは少し元気になったみたいでした。

千駄木の駅で手を振って別れました。振り向くと、二人はしっかりと手を繋いでいました。少しほっとして、私は電車へと乗り込みました。

（「村田沙耶香的、空想東京さんぽ。」二〇一三年夏号「Feel Love」）

岩本町・秋葉原界隈

十一月十一日（月曜日）

今日は別れてからもずっと好きだった歯ブラシの岩崎さんとデートしました。岩崎さんと会うのは三年ぶりでした。彼はアートが好きなので、アガタ竹澤ビルで待ち合わせをしました。古いビルの中に、ギャラリーやカフェ、雑貨屋さんなど色々なお店がありました。久しぶりに会う岩崎さんは、少しブラシが柔らかくなっていましたがほとんど三年前と変わりませんでした。岩崎さんは、雑貨屋さんで、古いドイツの切手を買っていました。

それから金物通りを通り、岩本町の駅があるほうへ向かいました。途中で、ビルの狭間《はざま》にある小さなお玉稲荷神社を発見しました。看板によると、この辺りには昔、お玉が池という巨大な池があったそうです。不忍池《しのばずのいけ》より大きかったという説明を読んで、岩崎さんが「すごいなあ。魚はいたのかなあ」としきりに感心していました。

それから神田川のほうへ出て、和泉《いずみ》橋や柳原《やなぎわら》土手跡をうろうろしました。ここは昔土手で柳の並木があったという説明を読んで、岩崎さんは「柳が生えてたのかあ。凄く綺麗だったろうなあ」と、やっぱりしきりに感心していました。そういうところがとてもとても好きだったことを思い出しました。

そこから神田ふれあい橋を渡ってニュー秋葉原センターへ立ち寄りました。昭和の匂いがする、とても懐かしくて不思議な空間です。岩崎さんと恋人だった頃、何度も何度も来ました。埃を被ったプラグを見ると苦しくなりました。「僕、全然機械に詳しくないけれど、やっぱりここの感じ、好きだな。古本屋さんの匂いがする」と、岩崎さんは昔とまったく同じことを言いました。記念に何か部品を一個買おうとしましたが、買えませんでした。

そばにあるガチャポン会館に寄りました。岩崎さんはくらげの模型を手に入れてうれしそうでした。私は、何かを記念に買おうとしましたが、胸が苦しくて、やっぱり買えませんでした。今日という日が形になって残るのが、とても怖かったのです。

それから秋葉原ラジオセンターのあたりをぶらぶらしました。岩崎さんは機械にまったく詳しくないのに、なんだか懐かしいからといって、この辺りを散歩するのがとても好きなのです。「本当に電気製品が好きな人の迷惑になるから」と、ちょっと離れたところから、まるでお祭りの出店を眺める子供みたいに、きらきらした目でお店

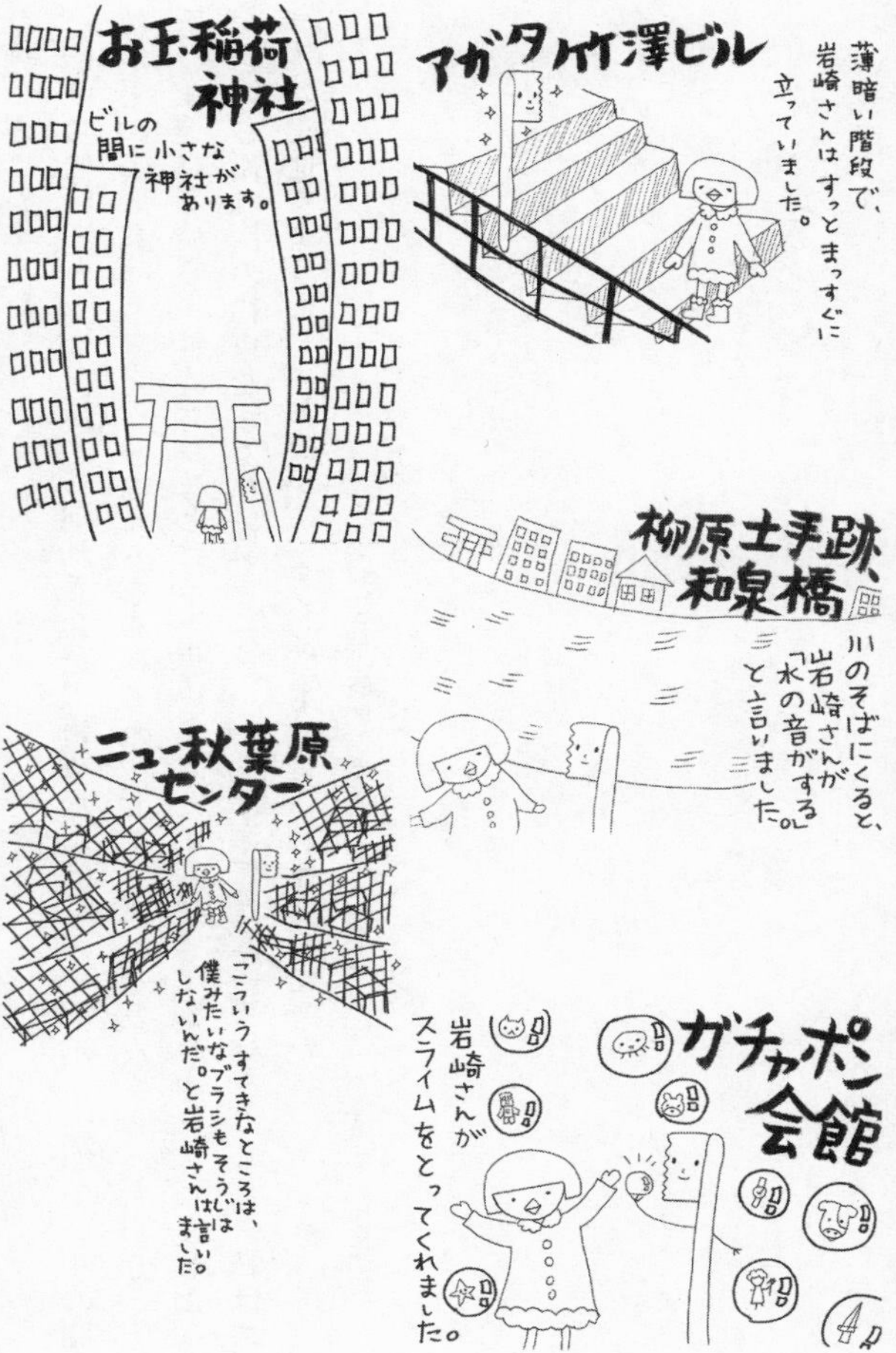
お玉稲荷神社
ビルの間に小さな神社があります。
アガタ竹澤ビル
薄暗い階段で、岩崎さんはずっとまっすぐに立っていました。
柳原土手跡、和泉橋
川のそばにくると、岩崎さんが「水の音がする」と言いました。
ニュー秋葉原センター
「こういうすてきなところは、僕みたいなブラシもそうじはしないんだ。」と岩崎さんは言いました。
ガチャポン会館
岩崎さんがスライムをとってくれました。

を見つめていました。

駅前で岩崎さんと手を振って別れました。岩崎さんは、ガチャポン会館でいつの間にかとっていた、ピンクのスライムを私にくれました。私はそれをもらったらきっともう永遠に岩崎さんに囚われてしまうと思いましたが、黙って鞄の中に入れました。

岩崎さんは次の約束をするわけでもなく、「じゃあ」と去って行きました。私はスライムを捨てようとしましたが、どうしても捨てられませんでした。


（「村田沙耶香的、空想東京さんぽ。」二〇一四年冬号「Feel Love」）

舌が旅する

私はあまり海外旅行をしないので、海外に行った時、日本では見たことがないものや食べたことがないものに出会うと、それを全身で吸い込んでいる感覚になる。

日中青年作家会議に参加して中国へ行った時のこともよく覚えている。夜、豪華な食事がふるまわれ、一緒に白酒《パイチュウ》という酒が出てきた。とてもアルコール度数が高い酒であること、とても親しまれているお酒であることなどを、通訳の方に教えてもらった。乾杯をしたら飲み干さないといけないと言われ、おそるおそる小さな杯に口をつけた。つんと、アルコールの匂いがする。喉に流し込むと焼けるように熱かった。騒ぎながらなんとか飲み干し、あとはビールにしてもらい、「すごいお酒だったね」などと話しながら、宴が終わった。

宴が終わった後、日本人作家たちだけでなんとなく残り、喋ったり食べたりしていた。私は、ふと、もう一度さっきの酒が飲んでみたくなった。こっそりと白酒のあるテーブルに行き、コップに酒を注いで喉に流し込んだ。

「あれ、さやかちゃん、それ飲んでるの？　美味しい？」

「飲むと、身体の中でかーって熱くなって、食道と胃の形がわかるような感じがする。それから、なんだか、頭がしびれてきた」

「何それ、やめなよ、危ないよ、やめなよ」

止められて飲むのをやめたが、この異国の地に住む人は、この酒を飲んでいるんだ、ということが、私には鮮烈だった。私の舌が、ここで暮らしている人たちと同じ体験をした気がして、たまらなくうれしかった。

中国から帰る日、集合時間までは自由時間だった。私は、朝早く起きて、ホテルのそばから駅前までふらふら歩いた。コンビニのような店に入り、ふと、棚にある白酒に目が止まった。ふらふらと近づき、「五十六度」と度数が書かれた小さな瓶を手に取った。地元の人はこの小さな瓶の酒をよく飲むと聞いた。

カタコトの英語でそれを買い、日本に持ち帰った。父に飲ませると、「うん、強いけどうまい」と言った。私は、「そうでしょ？」と偉そうに胸をはって、白酒をすすった。白酒は、奇妙に甘く感じられた。まだ、頭の中が中国を旅していたのかもしれない。

あれから、日本でも白酒を見かける時があって、あの焼ける感覚と微かな甘さを思いだす。遠い場所で「舌」が異国と繋がったようなあの感覚を、何年も経った今も、どうしても忘れることができないのだ。

（「最初の一歩」二〇一五年十一月「Coyote」）

お土産という日本の性《さが》

私はアルバイトをしているので、小説の仕事や旅行などで遠くへ出かける時には、お休みをもらうことがたまにある。そういう時、出かけた先で「あ、バイト先にお土産を買って行かなくては」と思う。アルバイト先に適当なお菓子を選んで買って帰るのは、大学生の頃からの習慣になっている。

皆が喜ぶお菓子というのは意外と難しい。甘い物が苦手な人がいたり、辛い物は無理だという人がいたり、歯が弱くて硬い物が食べられない人がいたり。皆の顔を思い浮かべながら、あれでもない、これでもない、と悩んでしまう。あ、これ美味しそう、と思うと賞味期限が短くて、これじゃあ皆に行きわたる前に傷んでしまうなと諦めることも多い。

作家の友達ではあまりいないが、会社員の友達と旅行に行った時は、皆、同じようにお土産屋さんで悩んでいる。

「めんどくさい……どれでもいい、なるべく安く済ませたい」

と、お土産屋さんをうろうろしながら溜息をつき、「こんな風習、なくなればいいのに」と吐き捨てるように言う友達もいる。

「外国では、親しい友達や恋人に買うことはあっても、会社にお土産を買って配る人ってあまりいないみたいだよ」

誰かにそう言われて、へー、と思ったことがある。海外では、大切な家族や恋人にプレゼントするような気持ちでお土産を買うほうが一般的で、職場に義理でお土産を買うと聞くと不思議に思われたりするらしい。確かに、いかにも日本的な風習だよな、と思う。

面倒だし、かさばるし、悩んだわりには、「ああ、こういうお菓子、よくあるよね……」という空気になってあまり喜んでもらえなかったり。バイト先の「みんなのお土産コーナー」のようなところに、似たような味のお菓子の箱が並び、自分の買ったお菓子がいつまでも余っていると、「あー……」と切ない気持ちになる。賞味期限が切れて捨てられてしまうのは忍びないので、こっそり自分で食べて減らすこともある。

無駄なことだなあ、とは思うのだが、何故だか、この風習が完全には嫌いになれない。「よかったら食べてください」などというメモが貼られたお菓子の箱に、手をのばす。お菓子を一つ頂いて、「ごちそうさまでした」と小さくメモに書き添える。「お土産のカステラ、美味しかったです」と伝えたら、「実は実家がカステラ屋なんです」と言われて驚いたこともある。最近では外国人のアルバイトさんも多いが、気を遣ってくれているのか「これ、この前故郷に帰った時のお土産です。食べてください」と、外国の言葉が印字されたお菓子を指差して、少しカタコトの日本語で笑いかけてくれたりする。異国の味がするお菓子を口に運んで、ああ、こんな味がする食べ物のある国で、この人は育ったのか、と想像する。いつも一緒に働いているのに、知らなかったその人の一部分を、舌で知ることができたような気持ちになる。

旅行をするたびにお土産をくれる人には申し訳ない気持ちになるが、食べ物をきっかけに、「どうでしたか、旅行?」といろいろな話ができることもある。お土産を買った人は、面倒だったかもしれない。荷物が邪魔だとイライラしたのかもしれない。それでも、こうして交流できることがうれしく思えてしまう。

旅行や、仕事での遠出は自分にとっては「非日常」だ。その非日常の中で、ふと、自分の「日常」の一部として思い浮かんでくる人たち。そういう人にお土産を買う時、自分には帰っていく「日常」があるのだな、という気持ちになる。大げさだが、そんな気持ちを味わいたくて、つい、出先でお土産を物色してしまうのだと思う。面倒で厄介な風習だが、そういう奇妙な温かさがあるから、完全には嫌いになれないのだ。

（「日本の性」二〇一五年十二月「PONTO」）

日本橋を徘徊した日々

「街を食べる」を書いていた頃の自分を思い出そうと、古い手帳を引っ張り出してみた。手帳を開くと、最初のページには、今年の抱負のつもりなのか、

「規則正しく朝起きて、起きたら布団を部屋の外に出して、しっかり作業に取り組む」

と書いてあった。小学生の夏休みの目標のような文句だが、本人は真剣らしく、星マークをつけて目立つように四角く囲ってある。

二〇〇九年。私は二十九歳で、夏には三十歳になろうとしていた。「星が吸う水」という中編小説を一月に書き終えたあと、久しぶりに短編小説を書いた。小説を幾つも同時に書くことはできないので、数か月間、この短編に集中していたことになる。

「街を食べる」を書き始めたその日の欄には、こんなことまで書いてある。

「せっかくの短編なので、短編でしかできないことを、自由に！」「ファミレスでビール飲みながら考えよう！」

手帳になぜそんなことまで書きこんでしまっていたのか、今になって読み返してみるととても恥ずかしいのだが、確かに、この短編を書いた時、「自由に！」と思っていた。その日、本当にビールを飲んだかどうかまでは思いだせないが、当時の私は、中編を書き終えて少し浮かれていたようだ。今までやったことがないことを、短編でやってみたかった。

「街を食べる」は、私にとって、小さなチャレンジの作品だった。デビューしてから私は、思春期や学生の女の子の小説ばかり書いていた。「星が吸う水」は大人の女性の話だったが、仕事を辞めて再就職先を探しているという設定で、働いているシーンはない。ちゃんと、働いている大人の女の人の話を書いてみよう。それが、この小説を書いた始まりだったと思う。

野草を食べるということまでは最初は考えていなかった。会社勤めをしている同い年の友人に頼み込み、何度も取材をした。彼女の勤め先は日本橋だった。ロッカーの場所やら一日のスケジュールやらをしつこく聞いて、メモをとった。友達にとってはすごく迷惑だったのではないかと思う。

電車に乗って日本橋に行き、友人が勤める会社の入ったビルの前まで行って、近くをうろうろした。友人の昼休みにビルの前で落ち合って、昼食を一緒に食べたことも何度かあった。会社の制服を着た友人と一緒に、安くて人気のあるパスタの店に並んで、彼女の昼休みが終わる時間まで一緒にいた。そうしていると、自分も彼女と共にあのビルの中に戻っていかなければいけないような気持ちになった。

時間になると、友人は急ぎ足でビルの前まで戻り、首からぶら下げた社員証を機械にかざして中へと入っていった。私はそれを見送ったあと、日本橋の街に立ち尽くした。休憩時間を終えた会社員の人たちが、それぞれの勤める会社へとどんどん吸い込まれていた。

私は満腹感を抱えて街を歩き回った。その時かもしれない。ふと鳩の姿を目に留めて、「食べられるかもしれない」と思ったのは。「あれも、食べられるかもしれない」と花壇の中に生えた雑草のことを見つめたのは。

当時の私は（今もだが）、「肉体」に興味があった。

○月○日「肉体感覚を大切にする」
○月△日「肉体感覚。五感。」
○月□日「肉体感覚大切に！」

当時の手帳にはしつこいほど繰り返し、「肉体」という言葉が書き込まれている。「食べる」ということは、肉体の重要な営みの一つだ。そのことを一度見つめ直したくなったのだ。

具体的な設定が決まってからは、ますます日本橋近辺を徘徊《はいかい》するようになった。ビニール袋を手提げの中に隠し、花壇や空き地で草を摘んでまわった。まるで万引きでもするような仕草で雑草を取っていると、上品な年配の女性から、「あの、何をしているのですか？」と尋ねられたこともある。「草を集めているんです。都会で生えている草を研究していて……」そう言い訳をすると、「あら！　そうだったのね。若い人は変わった研究をするのねえ、ふふ」と笑ってくれた。

蒲公英《たんぽぽ》は実際に茹《ゆ》でて食べてみた。早朝にこっそりとキッチンを借り、鍋に洗った蒲公英を入れた。苦いというのでよく茹でたら、ぐにょぐにょして気持ちが悪かった。二回目に茹でた時には、すこし短めに茹でて苦味を残した。そうしたら、少し美味しかった。

今でも、たまに日本橋の街に行くことがある。友人は結婚して妊娠し、今はこの街に勤めてはいない。当時はなかった大きなビルもいくつか建った。

あの頃に比べて、街も自分も変化した。でも、私が勤めた「つもりになった」会社はまだそこにある。ふとビルの前まで足を運んでしまうことが今でもある。そして、どこか懐かしい気持ちで、そのビルに吸い込まれていく人々を見つめてしまうのだ。

（二〇一五年十二月『現代小説クロニクル２０１０～２０１４』日本文藝家協会編・講談社文芸文庫）

猿と人間

数年前、私は、飲み会など大人数の時にいつも会ってはいるけれど、二人で遊んだことはない女性に、突然旅行に誘ってもらったことがある。私はごく親しい友達とか旅行をしたことがなかったので、少し驚いたが、うれしかった。「行きます！」とすぐに返事をした。

お互い気を遣っていたせいか行先はなかなか決まらなかったが、掻き集めてきたパンフレットの中に、地獄谷温泉で温泉に入る猿の写真を見つけて、これを見に行って、自分たちも温泉に入ろうじゃないかということになった。猿は寒くないと温泉に入らないので、彼女は地獄谷野猿公苑《やえんこうえん》のライブカメラをチェックしてくれて、「今日は猿、温泉に入ってます！」などとメールで教えてくれた。

旅行当日、旅館に到着すると私たちはすぐに地獄谷野猿公苑へと向かった。温泉に入るか入らないかは猿の気分次第なので、今日駄目だったら明日また行こうということになったのだ。

しかしその心配はなかった。公苑の中ではたくさんの猿が歩き回り、何匹もの猿が温泉に入って、毛づくろいをしたり、親子で並んで気持ちよさそうに目を細めたりしていた。毛を濡《ぬ》らしてのっそりと温泉に入る猿の様子は妙に人間くさく、面白かった。公苑には外国人観光客が大勢いて、夢中になって猿の写真を撮っていた。私たちも、温泉に入る猿の姿を見物し、子猿がおじいさんのような仕草で湯につかったりする姿を眺めて楽しんだ。

猿の入浴姿をさんざん堪能したあと、旅館に戻った私たちは、今度は自分たちが温泉に入ることにした。着替えの浴衣とタオルを持ち、連れだって旅館の温泉に向かった。

ロッカーに荷物を入れると、私はすぐに全裸になった。私は脱ぐのが速い。パンツとブラジャーを同時に脱いでいることもある。

全裸になってから、ふと横を見ると、女性はまだセーターを脱いで、ブラウスのボタンに手をかけたところだった。しまった、と私は思った。同じタイミングで脱ぎ終えるようにすればよかった。

後から考えれば「先に入ってますね」と一言声をかければよかったのだが、その時の私は、彼女が脱ぎ終えるまで、なんとか自然に過ごそうと思ってしまった。脱衣所の中を歩き回り、温泉の効能が書いてある張り紙を真剣に読んだりした。

「ここ、肩こりにも効くみたいですよ」

「え、ほんとですか。いいですね」

ぽつりぽつりと会話を交わしたが、効能はすぐに読み終えてしまった。

私は、雪が降った時はお使いください、と笠《かさ》が置いてあるのを見つけ、「これは時間が潰せるぞ」と思った。

「見てください、ほらこれ、雪見風呂ができますよ！」

私は手に取ってみたり、少しかぶったりした。そうこうしているうちに、なんとか、彼女が脱ぎ終えたのとちょうど同時に笠を見終えたというような顔で、「あ、ちょうどいいですね。では入りましょうか」と一緒に温泉へ続く扉を開いた。

みんなで温泉に入る時、私はいつも、胸と下半身を中心に隠していた。湯船に入る時はもちろんタオルをとるのであまり意味はないのだが、なんとなく、そういう習慣になっていたのだ。

しかしふと彼女を見て、私は慌てた。彼女は胸や下半身ではなく、お腹を隠していた。私のお腹はノーガードだった。彼女は特に太っているわけではないのに、「最近、お腹が出てきてしまって……」と気にしていたので、彼女の中での隠さなければいけない優先順位は、お腹が一番上のようだった。

私は、乳房や下半身のほうが隠す優先順位が高いと思っていたので、悩んだ。旅館のタオルは小さくて薄く、一枚で全て隠すのは難しかった。悩んだ末に、彼女に倣ってお腹を隠した。もし、彼女がおでこを隠していたら、私もおでこを隠していただろう。彼女が懸命に隠している部分を丸出しにしているのが、なぜだか無性に恥ずかしかったのである。

身体を洗い、湯船に入った。露天風呂は貸し切り状態で、気持ち良かった。

「雪見風呂にはなりませんでしたね」

「そうですね」

私は、猿のことを考えていた。猿も今頃、温泉に入っているだろうか。猿が私を見たらどう思うだろう。猿が温泉に入っている様子を面白がってパシャパシャ写真に撮っていたのに、今は自分のほうが猿よりへんてこなような気がしていた。猿より人間のほうが、ずっと変わった生き物なのかもなあ、と私は思った。昼間のはしゃいだ自分が、少し恥ずかしかった。

湯船の中でも、彼女はさりげなくお腹を手でガードしていた。私もなんとなくお腹を隠しながら、この光景を猿が見ている気がして、露天風呂の向こうの真っ暗な山林をじっと見つめていた。

（「読む温泉」二〇一六年七月号「すばる」）

旅行用のすごくいい袋

「旅行に行く時にすごくいいビニール袋」を集めてしまう。

「温泉で脱衣所に持って行くには絶対にこの巾着になっているビニール袋がいい」「着替えを入れるにはこの大きめの袋が最高なんだよなあ」「濡れた水着を持ち帰るにはこの袋じゃないと安心できない」というように用途別にお気に入りの袋がある。荷造りをする時、一番最初に取り出すのは袋だ。鞄より先に袋を部屋に並べる。

愛用している袋が見つからなかったりすると大変だ。「二日目の旅館は温泉があるから、どうしてもあの袋がないと……」といつまでも「旅行用の袋が入った袋」の中を漁る羽目になる。

誰でもそうだと信じて疑っていなかったが、旅慣れた友達と旅行をしていると、どうもそうとは限らないようだと気が付いた。「さっき買った駅弁の袋でいいや」とその場で機転を利かせたり、「この袋もういらない」とすごく便利そうな袋を旅館のゴミ箱に捨てたりしているのを見て、仰天した。「何か急に入れたくなるかもしれない」

と、目的のない袋が何枚も鞄に入っているということもないらしい。衝撃だった。でも、旅慣れている人というのはだから身軽なのかもしれない。見習いたい、と思いつつ、良さそうな袋に出会うと、「これ、旅行にいいな……」ととっておいてしまう。旅上手になるにはまだまだ修業が必要そうだ。

（「回遊する日常」二〇一七年五月二十三日「朝日新聞」）

京都お稽古体験記

私にとって、京都は特別な街だ。記憶がないくらい小さい頃に住んでいたのだと、両親に聞かされて育った。京都は美しかったと、母はしみじみ呟いた。その「美しさ」には街並みだけではなく、街に宿っている文化や、人々の言葉や立ち振る舞いなど、目に見えないものが含まれているように感じられた。

京都でお稽古ごとをしてみませんか、という言葉は、私にとってとてつもなく魅力的なお誘いだった。京都もお稽古も、私にとっては憧れの世界だった。お稽古ごとは子供の頃にしかしたことがない。大人になった自分の意思でいつか新しく何かを学びたいとずっと思っていた。

せっかくの京都なので、小鼓を習ってみたいと考えた。まったく知識もなく、触ったこともなかった楽器だけれど、遠くまで鳴り響く気持ちのいい音に漠然とした憧れがあった。それを京都で学べる。なんて素敵なのだろうと、行く前から胸が高鳴った。

当日、京都に到着すると、まずは着物を着付けてもらった。着物を着る、というだけでも自分にとっては特別なイベントだ。着物を着て髪をあげると、自然と気持ちが締まって、背筋が伸びた。それまでは何も考えず歩き回っていたのに、着物になると自分の所作が気になって仕方がない。自分の動作が下品でないか、おかしくないか、とても気になって緊張した。

先生のお家に着くと緊張はピークになった。怖い方だったらどうしようと子供みたいにどきどきしていると、からりと戸が開き、書生さんがにこやかに迎えてくださった。

素敵なお庭を通ってお家の中へ入った。草履は玄関のどこに揃えて並べれば失礼でないのか、着物の裾をどう押さえればいいのか、ぐるぐる考えながらお部屋に通していただいた。

お稽古ごとは、単に習うというだけではなく、人との出会いだと思う。とくに、「師」と呼ぶ人と出会うということは、何かを習う人間にとってとてつもなく大きな出来事だと思う。一日体験ぐらいで「師」などと思うのは図々しいかもしれないが、私にとって自分を新しい世界へ導いてくれる存在だった。

お部屋に現れた先生はとても優しそうな、けれど凛とした空気を纏った方だった。

着物を自然と着こなしていらっしゃるお姿に、「和」の世界に入り込んだ感覚があった。

先生は気さくに話しかけてくださった。お喋りをしているうちに、ほっと気持ちがほぐれてきた。

「私のようなまったくの初心者もいらっしゃるのですか」

心配になっていたことを尋ねると、先生は、

「私は徹底的にいろはから教えます。一番初めのいろはが一番大事です」

と仰った。

「私はお作法重視です。お作法ごとは、先生が荒れてしまうといつまでたってもできないようになってしまうので。今、子供たちにも教える機会がありますが、それはもう徹底的にお作法です」

「お作法というのは、立ち振る舞いなどですか?」

「それもありますが、例えば子供たちだったら靴をきちんと並べなさいとか、もじょもじょしたらだめですよとか」

着物を着てからずっと気になっていたあれこれなので、それをきちんと学ばせてくれる方がいるということにはっとした。わからないことがあるとき、ただ戸惑って立

ち止まったり、恥ずかしがったりするのではなく、素直に聞いて一から学べばいいのだと、当たり前のことに気が付いた。

お話を終えて、いよいよ部屋を移動して小鼓に触ってみることになった。

「まずは簡単に小鼓について説明します。鼓は馬の皮でできておりまして、表と裏があります。桜の木でできた胴という部分があり、麻の紐を縦と横に組み合わせただけの打楽器です」

目の前に小鼓を置いていただくと、「本物だあ」という無邪気な感動があった。

「構えると打撃面が見えないというのが、小鼓の特徴です」

打撃面が見えない、というのがどういうことなのか咄嗟には理解できないまま頭の中で必死にメモをとる。

「まずは固定観念なしでいっぺん打っていただきます」

とはいえ、どう持っていいのかもわからない。手をこうやって、親指はこの形にして、くるりとまわして、と言われるままにおそるおそる小鼓を持ち上げて、右肩に掲げた。

「イメージ通りに打ってみてください」

勢いよく腕を振って、小鼓を手のひらでばしりと叩いた。テレビなどでよく見る映像の真似っこだ。イメージと勢いに反して、ぺん、という間抜けな音が出た。

「いろいろやってみてください」

何度打っても、ぺん、ぱん、という、机を叩いているような間の抜けた音しか出ない。

打撃面が見えない、という意味が打ってみてわかった。自分の手のひらがどんな動きをしているのか、鼓のどの辺を打っているのか自分ではわからないのだ。

「案外、鳴らないものでしょう」

先生の言葉に、「はい」としみじみ頷いた。

じゃあ、と、先生が姿勢と持ち方を正してくださった。

「手をぶらぶらにして」

言われた通りに手首から力を抜く。先生が腕をもって一緒に打ってくださった。

ぽん！　ぽん！

さっきとは比べ物にならない大きな音が出て驚いた。周りの空気がぶるぶる震える感じがする。騒音の振動とはまったく違う、部屋の空気がびりっと引き締まるような震えだ。

「鼓はいかに力を抜くことができるかということが大事です。鼓は、実はこの打った面ではなく、こっちの後ろから音が出ていきます。ちょっと私の言うことを聞いていただけると、すぐ鳴るんです」

本当にその通りで、魔法みたいだったので、感動して何度も「はい！」と頷いた。

「息を吸ったり吐いたりすると、もっといい音が出ます。吸う、ぽん」

息を吸い込んで打つと、ぽん、という音がもっと大きくなった。

「村田さんらしい鼓の音というのが必ずあって、同じ道具を打っても人によって違う音が出ます。ここにいらっしゃる方がそれぞれ手に取ったら、それぞれ違う音が出ます」

上手な人はみんな完璧な音を打っていて、それは同じ音色なのだろうと勝手に想像していたので、驚くと同時に、自分らしい音とはどんな音なのか、と胸が高鳴った。

「今、村田さんが打った鼓を、何もすることなしに私が打ってみます」

先生が打つと、美しい響きに、部屋の空気がびりびりと気持ちよく震えた。凛とした振動に呼応して、部屋の空気が変化して一つの世界として完成された感覚があった。

「鼓には五種類の音があります」

説明をしながら先生が鼓を打つ。さっきまで自分が触っていた鼓から、魔法のように複雑に、いろいろな音が飛び出す。

「今日みたいに湿気がある日は、小鼓にとってはとってもいい日なんです」

たまたま来た日がよく音が出る日だという偶然が、なんだか自分が小鼓とご縁があったみたいでうれしくなった。

今度は掛け声をかけて鼓を打ってみた。

「掛け声も音の一つです」

少し恥ずかしかったが、自分の身体も楽器の一つだと思うと、少し勇気が出た。先生の謡《うたい》に合わせて、

「よー」

と掛け声を出し、ぽん、と打った。もっと大きく響かせたいと思っても、なかなかお腹から力が出なかった。声に気をとられて、鼓の音もまた間抜けになってしまった。

「音が出ないのも楽しさの一つです。少しのアドバイスで音が鳴るようになります、素直な人ほどぽんと鳴ります」

先生の言葉に、とにかく素直に！　としっかり心に刻み付けた。

「村田さんが来てくれて一番の喜びは、これで鼓を触ったことがない人が一人減った

ということです。日本の楽器なのに、ドレミは知っていても小鼓のことはわからないという人が多い。鼓を触ったことのない人が減っていくというのが、自分の欲というか野望です」

先生の中にごく自然に宿っている言葉が、何気なくこちらに渡されてくる。先生の言葉も、鼓と同じように、生徒によって違う音で鳴るのだろうと感じた。

「お能の世界は非日常の世界なのですけれど、やはり日常に全て通じているんです」

最後にもう一度、鼓を構えて音を鳴らした。

とにかく素直に、素直に、と自分に言い聞かせて、身体の全部を先生の言葉に任せるような感覚で、全身から力を抜いた。

ぽん！

今日、自分ひとりで出した中で一番の大きな音が、鼓からぽーんと飛んでいった。

「とても素直な音ですね」

先生の言葉にうれしくなってしまい、もっと鳴らそうと思うと、今度は変な音が出た。

「今度はちょっと欲張ってきましたね」

音でなんでもわかってしまうのだなと恥ずかしくなった。

「ありがとうございました」

お稽古の最後に、敬意を込めて先生に深く頭を下げた。お礼の言葉は日常でも使っているが、先生に向かって、「学ばせてくださってありがとうございました」という気持ちを込めて発するその言葉は、普段とは意味合いが違っていた。

その夜はずっと鼓のことを考えていた。ぽーんと気持ちよく鳴った音だけではなく、先生の言葉に込められた「日本らしさ」ということ。鼓を触ったことのない人間が、今日一人減って、それが私だということ。

短い時間だったけれど、私の中に何かが宿った気がした。思った以上に忘れられない経験として、自分の中に刻まれていた。

鼓から飛んでいった私だけの「音」の感覚が、今も身体に残っている。ぽーん、と響いた、私だけの音。あの音にもう一度会いたいと、東京に戻った今も、たまに手首をぶらぶらさせながら想い続けている。

（「京のたしなみ」二〇一八年三月号「別冊太陽」）

地球の歩き方妄想

　仕事で海外へ行ってきた。そういう時、私がいつも買うのは『地球の歩き方』だ。海外へ行くたびに買うので、本棚の一角に『地球の歩き方』コーナーができてしまっている。

『地球の歩き方』を買って最初に読むのは、地図のページや観光名所を紹介したページではなく、「水は安全か」「治安はどうか」「入国カードの書き方」などのページだ。こうしたページしか読まずに旅行当日になってしまうことも多いので、観光名所のことはさっぱり把握していないのに、両替やタクシー事情にばかりやけに詳しかったりする。

　日本に帰ってきていつも感じるのが『地球の歩き方』なら日本をどうやって紹介するのだろうという疑問だ。例えばトイレが気になる。海外に比べてボタンが多く、知らずに押して温水洗浄だったりしたら大変なことになるのではと思うが、『地球の歩き方』ならそのことをどんな風に説明してくれるのだろうとつい想像してしまう。

【日本のトイレ事情】日本のトイレは無料で借りられるところが多く、トイレットペーパーも用意されていることがほとんどなので安心だ。初めて使う時は、そのボタンの多さに戸惑うだろう。温水洗浄便座のボタンだけでなく、排泄《はいせつ》する音を消すための『流水音』ボタンまである。落ち着いて見れば英語でどれが流すボタンか説明されていることも多いので、焦って押さないこと。具合が悪くなった時用の非常用ボタンが設置されていることも多いので、間違えないよう注意が必要だ。

こんな感じの説明があれば、海外の人も戸惑わずに日本のトイレを使ってくれるだろうか。

ほかにも、ふとした時、「このことを『地球の歩き方』ならどんなふうに案内してくれるだろう」とつい妄想してしまう。

電車に乗るにはＩＣカード乗車券を買うと便利だ、ということはぜひ事前に知っておきたい。満員電車の時間には注意が必要だという説明も欲しい。タッチパネルで注文する居酒屋でどうすればいいのか、わかっていないと戸惑ってしまいそうだ。温泉に入る作法については、写真付きの説明で何度もシミュレーションしてから現地に向かいたい。生まれ育った国だから気が付かないだけで、自分が旅行客なら『地球の歩き方』に教えてもらわなければいけないことだらけだと、海外旅行から帰ってくると気が付かされるのだ。

私は『地球の歩き方』の「日本」が読んでみたくてしょうがない。実際に売っていないかといつも探しているのだが、どうしても見つからない。当たり前かもしれないが、日本語で日本を説明する本などニーズはないだろう。でも、読みたい。その時一体どの国の常識をベースに説明してくれれば納得がいくのか自分でもわからないが、いつも自分が何気なく暮らしている場所が、違う文化で育った人たちにとってどう見えるのか、知りたくてたまらないのだ。

最近では妄想がエスカレートして、『地球の歩き方』の「地球」を考えることまである。「この星にはこんな乗り物がある」とか、「この星の人間という動物はこんな生きものだから注意が必要」だとか、妄想は尽きない。それこそ本当の『地球の歩き方』だと思う。どんな文化の相手に説明すればいいのかさっぱりわからないが、それでもいつか宇宙人が旅行に来た時のために、ぜひ刊行してほしいと願い続ける日々である。

（「プロムナード」二〇一八年三月七日「日本経済新聞」）

サプライズお土産

私は旅行へ行くと、友達やお世話になっている方々にお土産を買いたい衝動にかられる。楽しい旅行中だと特に、珍しいものや美味しい物を買って帰ってこの幸福感を共有したい、という気持ちになる。

昔、友達のAちゃんとパリへ行った時、素敵な文房具屋さんへ行ったことがあった。美しいポストカードや珍しい形の筆記用具が並ぶ店内を夢中になって見てまわっていた私は、そうだ、ここで大好きな人たちにお土産を買おう、と思った。

帰国したあと、仲の良い友人たちと集まる機会があるので、その時に渡そうと胸が高鳴った。悩みに悩んで、色鮮やかな表紙のメモ帳に決めた。絵柄を選びながら、ふと、今一緒に旅行をしているAちゃんも、帰国後集まるメンバーに含まれていることに気が付いた。

常識的に考えれば一緒に旅をしているのだからAちゃん以外に配るのが普通だろう。けれど、旅先で「大好きな人に配りたいなあ」と手に取ったものを、Aちゃんだけに渡さないというのも何だか寂しい。少し考えて、サプライズで、Aちゃんにもお土産を買っていくことにした。

選び終えたメモ帳を持ってレジに行くと、ちょうどAちゃんもポストカードを買っているところだった。

「あ、さやかちゃんも買ったんだね、このお店、素敵だもんね」

楽しそうに笑うAちゃんに頷きながら、まさか目の前の人物が自分にお土産を買っているとは思うまい、とわくわくしていた。ささやかなプレゼントをこっそり用意している気持ちになり、思わずにやけてしまった。

日本に帰国し、いよいよ皆で集まる日になった。ほどよいタイミングでAちゃんが、

「この前、さやかちゃんとパリに行ったんだ。これ、そのお土産」と包みを配った。

私もいそいそと鞄からお土産を取り出した。

「これ、私からも」

皆、「わあ、ありがとう」と笑顔で受け取ってくれた。

「はい、Aちゃんの分も」

そう告げると、Aちゃんは衝撃を受けた様子だった。

「えっ!?　さやかちゃん、私、一緒にパリに行ったよ!?」

うれしいというより困惑している様子のAちゃんを見て、私は慌てて説明した。

「すごく素敵な旅だったから、Aちゃんにもお土産を渡したいなって思ったの」

「そうなんだ……びっくりした、記憶を失ったのかと思ったよ」

Aちゃんはほっと息をつきながらも、まだ腑《ふ》に落ちない様子だった。

「一緒に旅行したけどお土産ありがとう。大切にするね。一緒に旅行したの私だけど……」

そのAちゃんの様子を見て、一緒に旅行している人にその旅行のお土産を用意するのはやめよう、と心に決めた。

しかしそれからも私は、旅行中に同行者にお土産を買いたくなってしまう衝動にかられ続けている。素敵な旅をしていると大好きな人に喜んでもらいたくなり、大抵の旅行は大好きな人たちとしているので、どうしても重なってしまうのだ。

「あ、Bちゃん、お酒好きだからこれいいかも！　あ、でも、一緒に旅行してる……」

「これ、Cさんに似合いそうだなあ。今一緒にいるけど……」

今はサプライズお土産を買いたい気持ちを堪えているが、いつか我慢できなくなる日が来そうでこわい。それは禁忌だと自分に必死に言い聞かせながら旅行を続けているのだ。

（「プロムナード」二〇一八年四月十一日「日本経済新聞」）

フジロックの想い出

五年ほど前、編集さんや新聞記者さんと一緒に、フジロックへ行ったことがある。きっかけは、「最近変わったことはありましたか?」と聞かれ、「そうですね……あんまり親しくない人と旅行へ行きました」と答えたことだった。「じゃあ、今度友人たちとフジロックに行くのですが、今のところ特に親しくない村田さんもご一緒にいかがですか?」という話になり、なぜか実現したのだった。

フェスはほぼ未経験だったのでいろいろ教えて頂き、自分でも調べながら長靴やレインコート、帽子やサングラスなどを買い揃えた。

当日はものすごい雨で、尋常ではない寒さだった。山の厳しさを思い知らされながらも、その中で演奏される音楽の迫力に感動した。

しかし、夜になるにつれ寒さは増すばかりで、「なんだか眠くなってきた……」という状態になり、「このままでは危険なのでは」と女性陣だけ先に山を降りることになった。遅い時間まで楽しめなかったのは残念だったが、それでも私にとっては強烈な、楽しい体験だった。

　男性陣も山を降り乾杯をし、全員の無事に感謝した。

「フジロックは初めてですか？」

　と聞かれた私は、

「そういえば、大学生のころ一回だけ友達と行きました！　あのときも雨が凄かったです。大きく富士山が見えて……」

　と答えた。毎年フジロックに行っているという記者さんは驚いた様子だった。

「富士山が⁉　それは、伝説の第一回のフジロックじゃないですか⁉」

「え、そうなんですか？」

「フジロックは第一回は富士山のふもとで行われ、二回目から会場が変わってるんですよ」

「でも富士山が見えましたよ」

「すごいですよ！　それはフジロックファンの中では伝説になっている第一回ですよ！　村田さんは伝説に立ち会ったんですよ！」

　あまり記憶がないのが残念だったが、そんなに凄い体験をしていたのか……と感動した。おぼろげな記憶で想い出を話すと、「やはり凄かったんですね、伝説の第一回は……」と感心して聞いてくれた。

翌朝の新聞には「山の洗礼を受ける人々」というタイトルで昨日のフジロックの写真が掲載されており、「私たちは洗礼を受けたんですね」と皆で笑った。

帰宅してからそのとき一緒だった友達に、「私たちが大学のころ行ったフジロック、伝説のフジロックだったらしいよ!」とメールをすると、「さ、さやかちゃん……あれは確か『パパパパPUFFYのフフフ富士さん』じゃなかったっけ? ドンマイ……」という返事があり、しばらく寝込むことになった。私以上に興奮し、喜んでくださった皆さんの顔が浮かび、墓場まで持って行くことも考えたが、良心の呵責《かしゃく》にやはり耐え切れず一斉メールで自供した。

それ以来、夏が近づきフジロックの季節になると、いつもこの想い出が蘇る。私の間違いを笑って許してくれた優しい皆さんとは、「山の洗礼を受けたメンバーで集まろう」とご飯を食べたり京都へ行ったりといろいろご一緒し、すっかり「特に親しくない人」ではなくなった。あのとき、未知の世界に踏み出してみてよかったと思う。今年は晴れるといいなあ、と思いながら、懐かしい光景を思い浮かべるのだ。

(「プロムナード」二〇一八年六月二十日「日本経済新聞」)

楽園から始まる私へ

スリランカに降りたったのは夜だった。日本とは温度も湿度も違う空気に全身を包まれた感覚を、よく覚えている。この旅で得たものは計り知れなくて、全部書いていたら何十枚もの原稿用紙が埋まってしまいそうだ。それほどのことを持ち帰る旅になるとは、このときは思っていなかった。旅の中で、私が日本に持ち帰った大切な変化を、絞りに絞って三つ、書き留めておきたいと思う。

一つ目は、「からだ」に対する意識の変化だった。スリランカへ行った目的の一つに、アーユルヴェーダがあった。東京では、身体は、仕事漬けの私が操縦する不便な乗り物だった。無理をすると故障してしまい、薬で症状をおさえて動かし続ける道具だった。不摂生の自覚はあるので、最初のドクターの診察では少し緊張した。ドクターは私の脈にそっと触れ、じっと身体を読み取った。何かサプリメントを飲んでいるのではないか、栄養が偏っている、同じものを食べ続けているのではないか。ドクターの指摘は、耳が痛いものばかりだった。何も考えず毎日同じものを貪《むさぼ》って仕事をして、野菜不足を補おうとサプリメントを口に放り込む日々。身体は正直で、ちゃんとサインを出しているのだ。

それから、ドクターの指示で調合されたオイルでトリートメントをしてもらった。ガチガチだった肩の筋肉が柔らかくなり、全身が何かからほどけたように、リラックスしている。旅の間、何度もトリートメントをしてもらい、最後にはこれから日本でどういう風に暮らしていくと身体にいいか、丁寧なアドバイスが紙に書かれたものを頂戴《ちょうだい》した。一時的な気休めではなく、これからも「からだ」の声をちゃんと聞いていくこと。道具ではなく、生きものとしての自分と向き合うこと。いつの間にか、「からだ」に対しての認識が、ごく自然に変化していた。

二つ目は、風景の見え方の変化だった。この大切な変化は、バワ建築との出会いと共に訪れた。ジェフリー・バワの建築を訪れることも、この旅の大きな目的だった。旅をする前、自分は美しい彫刻を眺めるように彼の作品を味わうことになるのだろうと思っていた。でも、それは少し間違っていた。実際に彼が創った作品の中に立つまで、その建築に宿っている世界はわからなかった。

ジェットウィング・ラグーンのバワスイートに宿泊したことが、私とバワ建築の出会いになった。そしてそれは、一生忘れられない体験になってしまった。バワスイートは、今までの人生で泊まった中で一番素敵な部屋だった。スイートだから、ゴージャスだからという理由で言っているわけではない。部屋が素晴らしいのはもちろんだが、それだけでなく、緑の呼吸が感じられる部屋だったからだ。窓と窓に挟まれた空間は、そのまま、窓の向こうに広がる緑と緑にも挟まれている。部屋の中に立っているということが、同時に、緑の広がる美しい光景の中に立っているということでもある。その開放感に溢れた不思議な安らぎは、生まれて初めて味わう感覚だった。

ジェットウィング・ライトハウスに泊まった日のことも忘れることができない。迫力ある作品が縁取る重厚な雰囲気の螺旋《らせん》階段をゆっくりと上がっていくと、暗がりから突然視界が開け、テラスの向こうに水平線が広がっていた。わあと、自然に歓声をあげていた。

バワの設計した建築物の中に佇《たたず》むと、朝焼けと夕焼けのことを考えずにはいられない。毎日起こっているのに、東京では毎日見過ごしている、あの空の変化を、この素敵な場所で何時間も眺めたいという衝動にかられる。建築を味わうだけではなく、その向こうに広がる空に、光に、海の音に対して、もっと感じたい、もっと見つめたいと、不思議な欲深さで強烈に惹き寄せられるのだ。

ジェットウィング・ラグーンでは、二時間以上も、シンボルツリーの横に並べられた椅子に腰掛けて、空の変化を眺めていた。何時間座っていても、少しも飽きることはないのだった。まるで魔法にかかったようだった。

ルヌガンガを訪れて、少しだけ、その魔法の秘密を知ることができた気がした。バワが好んだという椅子に腰掛けて、そこから広がる、生きていると同時に完璧な風景に息を呑んだ。そのとき、私は、「この星を味わっている」という感覚に襲われた。空も、風も、緑も、少しずつ変化しながら永遠にここにある。地球という星の美しさを、とても長い時間をかけて見つめているような、そんな気持ちにさせられたのだ。私はこのとき、多分、この美しい星と、出会い直したのだと思う。その感覚は、忘れられないものとなって、今も私に残り続けている。

三つ目の変化は、異国文化を味わうたびに感じた、「戻っていく」感覚だった。スリランカの食べ物も、遺跡も、未知のものなのになぜか懐かしい。理屈はわからなくても身体が呼応しているような感覚があった。

最初の朝に紅茶を飲みながら、ジャグリというお砂糖を齧《かじ》りながら飲むのだと教わった。私はこれがとても気に入って、ホテルの朝はいつも紅茶を二杯、ジャグリと共に味わった。初めて食べ物を手で食べたのも新鮮だった。お皿の上にいろいろな食べ物を載せて、手でかき回して、好きな味を作る。手で掬って親指で口の中にそっと押し込む。フォークとスプーンで食べていたときより味が繊細に、複雑に混ざり合い、さらに美味しく感じられた。

アヌラーダプラで寺院を訪れたとき印象的だったのは、人々がそこにとどまって祈り続けていることだった。「祈る」ことは、アーユルヴェーダのときに勧められたことでもあった。自分もこの場所で何時間も祈ってみたいと感じたし、それがとても自分にとって自然なことである気がした。初めて出会う文化ばかりなのに、自分の中にごく自然に入ってくるのが不思議だった。スリランカの文化を感じることで、懐かしい自分が目覚める感覚だった。

これらの変化は、旅を終えた今も、私の中に存在し続けている。私の精神と身体に元からあった、違う感じ方、生き方が、旅をすることで目覚めたのだ。それは変化でもあり、「変わらないもの」との出会いでもあった。

日本に帰り、お土産にと頼まれていたサマハンというスパイスティーを飲んでみた。少しの甘みと、スパイスの香り。スリランカの空港へ着いたときには新鮮だった香りが、今は親しみ深い、懐かしいものになっていた。

この旅から始まった私が、今も確かにここに存在している。そんな風に感じられる旅は生まれて初めてだった。ここから続いていく未来の私は、きっと少し前と変化している。明日から、前とは少し違う私が生きていく。新しい、そして懐かしい私が覚醒する、特別な体験ができたことに、心から感謝し、そしていつかまた訪れたいと願っている。

（「新しい私に出会う旅」二〇一八年六月号「SPUR」）

その後の日々について

いささか先生とわたし

小説家という職業をしていると、「それ、いささか先生じゃない？」という台詞《せりふ》をよく使うようになる。

「やっぱり、編集さんが家まで原稿取りに来るの？」

「それ、いささか先生じゃない？」

「原稿用紙を丸めて捨てたりしてるの？」

「それ、いささか先生じゃない？」

「締め切りの日に逃げたりするの？」

「それ、いささか先生じゃない？」

こう返すと、大抵の友達が、「あー、そうだ、これ、いささか先生だあー！」となる。いささか先生とは、アニメ「サザエさん」に出てくる、磯野家の隣人の伊佐坂難物先生である。なんとなく平仮名で書いてしまうのは、私は漫画ではなくアニメのサザエさんを子供の頃から観《み》ていて、「いささか」という苗字《みょうじ》を耳で覚えたからである。

もちろん、今も原稿用紙を丸めて捨てている作家の方はいらっしゃると思うが、私の場合は、パソコンを使って送ってしまう。正直に、「人によると思うけど、私はワード文書をパソコンのメールに添付して送るよ」と答えると、「そっかあ……」となんとなくがっかりされてしまうのだった。何でだろうと考えた結果、「それ、いささか先生じゃない？」という結論が導き出されたのだった。

着物を着て、原稿用紙を前にうんうんと呻《うな》る姿。原稿を取りに来るノリスケ。原稿ができておらず、ノリスケから逃亡する様子。これが皆の期待する「小説家」の姿なのだとわかってから、私は彼のことがとても気になるようになった。

インターネットでいささか先生について調べ、恋愛小説家だということも知ってしまい、アニメに彼が出てくると興奮して画面に食いつくようになった。子供の頃から観てきたサザエさんで、まさか「いささか先生」が自分にとって一番身近な人になるとは思わなかった、と奇妙な気持ちになる、日曜日の夜なのである。

（「ゆらゆら脳内散歩」二〇一九年一月号「小説推理」）

飛行機の中で

海外でのお仕事があって、十月はほとんど日本にいなかった。私は英語をほとんど喋《しゃべ》ることができない。今回訪問したチェルトナム、ロンドン、トロント、アイオワ、ニューヨーク、どこでも拙い英語でご迷惑をおかけした。一緒にいる方に頼りきりで通訳していただくことがほとんどだったが、それでも自分で喋らなければならない機会はたくさんあり、不慣れな英語で必死に自分の気持ちを伝えた。旅はとても素晴らしかった。いろいろな方に甘えてしまったが、私にとって本当に大切な時間だった。

帰りの飛行機は一人だった。隣の席の年配の男性が日本語で話しかけてきてくれて、なんだか久しぶりで新鮮だった。その方は私の英語がさっぱりだということがすぐにわかったらしく、とても親切にしてくれた。CAさんに食事を牛と鶏《とり》どちらにするか聞かれ、「ビーフ、プリーズ」と言うと、「ビールは今すぐには出せません」と言われてしまった。なんとかビーフだと伝えようと口を開くと、私の様子を見ていた隣の男性がふき出して、「彼女はビーフを頼んでいます」とCAさんに伝えてくれた。感謝をお伝えすると同時に、私は自分が傷ついているのに気が付いた。

海外遠征をしているとき、私がどんなに拙い英語を使っても、笑う人はいなかった。真剣に耳を傾け、私の気持ちを汲《く》み取ろうとしてくれた。この長い旅の中で、私はこのとき、初めて私の英語を笑われてしまったのだった。

思い返せば日本で、私はいつも、自分の英語が拙いことを冗談にしていた。皆、私がいかに英語が喋れないか、という話を笑って聞いてくれた。けれど、それを冗談にすることで、私はずっと英語を失っていた。私は私の下手な英語を真剣に聞いてくれる人をずっと裏切っていたのかもしれない。どんなに下手でも、冗談にして逃げずに、恥じずに伝えていくことこそ、自分に不足していたことだったのかもしれない。そんなふうに考えさせられながらの日本への帰路だった。


（「ゆらゆら脳内散歩」二〇一九年二月号「小説推理」）

副鼻腔炎珍道中

年末、生まれて初めてCT検査を受けた。

CT検査までは長い道のりだった。夏に体調が不安定で、原因不明の激しい吐き気に悩まされていた。近所の内科で「副鼻腔炎《ふくびくう》じゃないか。耳鼻科に行ったほうがいい」と言われ、耳鼻科では「絶対に副鼻腔炎ではない」と言われた。薬をもらったが症状は悪化し続けた。ある夜、救急車を呼ぼうかと思うほど激しい吐き気に襲われ、立って歩くこともできなくなった。ネットで調べ、副鼻腔炎に吐き気の症状はあまりないが膿《うみ》が脳に達するとそういうこともあり、最悪の場合は死に至る、という記事を発見してしまった。半泣きで別の内科に行ったところ、「僕は副鼻腔炎だと思う。大きな病院を紹介しますか?」と言ってくれた。「副鼻腔炎……!」もはや私の妄想の中で膿は脳に達して前頭葉がぐちゃぐちゃになっており、縋《すが》るような気持ちで紹介状をお願いした。大きい病院には凄《すご》い機械が揃《そろ》っており、細長いカメラでやっぱり副鼻腔炎だとわかった。だがそこまで酷《ひど》いものではないという。

「では一体、この吐き気は……」

「うーん、一応、エコーを撮ってみますか？」

エコーの結果、喉に謎の袋があるということが発覚した。先生はすっかり喉の袋のほうに夢中になってしまった。

「先生、副鼻腔炎は、副鼻腔炎は……」

私は副鼻腔炎が脳に達していないか不安でしょうがなかったが、先生は「そっちは大したことないですけどね……」と不思議そうだ。なんでそんなに副鼻腔炎になりたがるんだろう、という雰囲気なのだが、別になりたいわけではない。そんなに言うなら、ということでＣＴ検査を受けたのだ。結果は、「鼻の骨の奥にも謎の袋がある」だった。自分でも何だかわからないまま、謎の袋の存在ばかりが発覚していく。そんなことをしているうちに吐き気もおさまり元気になってきてしまい、今度は「謎の袋」という恐ろしいものの存在に妄想が広がり、うなされる日々なのだ。

（「ゆらゆら脳内散歩」二〇一九年三月号「小説推理」）

妄想英会話

　英会話ジムが近くにできればいいのに、とずっと思っている。運動不足なのでジムに通いたいが、英会話にももっと通いたい。受付のやり取りや、トレーナーさんのマシンの使い方の説明、客同士の会話などがぜんぶ英語でないといけないジム。そんな場所があればいいとずっと思っていた。検索すると、同じことを考える人はいるようで、セブ島や大阪にそんな感じのエクササイズのカリキュラムがあるらしい。だが、ちょっと遠い。近所にできれば一石二鳥でいいのになあ、もっと流行《はや》ればいいのにと思う。

　コンビニで働いていたときも同じような思考回路で、英会話コンビニがあればいいのになあ、と考えていた。店員さんはみんな英語。客同士の会話も英語。

「あの、温かいものと冷たいもの、一緒の袋でいいですよ。家、近くなんで」

　だとか、

「すみません、この炭酸水、売り場に一本しかないんですけど、在庫ありますか？」

とか、普段ならなんてことない会話も、全部英語。そこに毎日通えば、ちょっと英語が上達するかもしれない、と妄想するのだが、これもなかなか実現しない。

他にも、英会話スーパーとか、英会話喫茶とか、いろいろ妄想しては、存在しないから行けないなあ、と溜息《ためいき》をついている。

しかし、どうもこれは「逃げ」ではないかと最近気が付いた。ドッキングさせようというのがそもそも怠けている。英会話は英会話、ジムはジムでちゃんと行けばいいのだ。

まず英会話は、今通っている英会話の先生が出す宿題をもっとちゃんとやるようにしよう。そしてあまりに体力が落ちているので、ジムに行って健康になろう。当たり前のことをやればいいと思うのだが、どうしても「近所にあれがあればなあ……」とくだらないことを考えて現実逃避してしまう日々なのである。

（「ゆらゆら脳内散歩」二〇一九年四月号「小説推理」）

ホテル探検隊

少し前、シンポジウムやイベントがあり、バルセロナとイギリスを旅していた。そのとき思ったのは、「最近、ホテルをちゃんと探検していないな」ということだった。昔は、温泉宿や地方のビジネスホテルに泊まったとき、必ず「ホテル内探検」という時間があった。全員で行く場合もあれば、有志だけで行くこともあった。

「ねえ、ホテルの中探検しない？」

「するする！」

誰かが言いだしてすぐに探検隊が結成され、全てのフロアの自動販売機で何が売っているかチェックし、売店を見て、食堂を覗《のぞ》き込んだ。「一番上の階に洗濯機がある！」とか、「七階の自動販売機ではお菓子が売ってた！」とはしゃぎ、部屋でくつろいでいる友達に報告し、「元気だねえ」と笑われたものだった。

しかし、私は今回、一度もホテルを探検しなかった。昔の私だったら、海外のこんな素敵なホテルに泊まった夜は、上から下まではしゃぎまわって探検していただろう。

バルセロナのホテルには屋上に何かがありそう、ということはエレベーターの中でなんとなくわかり(詳しいことはスペイン語で読めなかった)、疼《うず》く気持ちはあったのだが、「眠りたい」という気持ちには勝てず、結局自分の部屋と食堂にしか行かなかった。

そういえば、最近、温泉旅行に行っても、「じゃあ、探検する?」と誰かが言いだすことがあまりない気がする。せいぜい、お風呂上がりに誰かがおいしそうなジュースを飲んでいるのを発見して、「わー、なにそれ、どこで見つけたの?」「なんか三階で売ってたよー」とゆるい会話をするくらいだ。自然と探検隊が結成され、館内全部を走り回る、という時間はなくなってしまった。どうでもいい気もするが、ちょっと寂しい。

今度ホテルに行ったときは探検してみよう、と思いながらも、きっとまた眠気に勝てないような気もしている。

(「ゆらゆら脳内散歩」二〇一九年五月号「小説推理」)

裏切りの95リットル

「海外旅行用のトランク、何リットル使ってる？」

私はつい最近まで、会う人会う人にこんな質問をしていた。なぜかというと、昨年の海外遠征中、トロントからアメリカへ移動した際にトランクを壊されてしまったのだ。今年に入ってからも少し長めの海外遠征があったため、新しいトランクが必要だった。だがどれくらいの大きさにすればいいのか見当がつかずに悩んでいたのだった。

壊れたトランクは75リットルで、長めの遠征には少し小さく感じていた。最初に聞いた女性が「私は大きめ。100リットル」とあっさり答えたことに、私は大変衝撃を受けた。100リットル……なんだかかなり大きそうだ。何でも入る気がする。すごく便利そうだ。その場にいた友達のAちゃんが、私の表情を見て真剣に忠告してくれた。

「さやか。100リットル買おうとしてるでしょ。でかすぎるって。おかしいって」

私はその場では「わかった。そうだよね。80リットルくらいがちょうどいいよね」

と頷《うなず》いた。だがあきらめきれず、別の日、違うメンバーのランチ会で、「皆さん、何リットルのトランク使ってますか?」と聞いてしまい、Aちゃんが、「また聞いてる!こいつ100リットル買おうとしてる!自分を後押ししてくれる人を探してる!」と叫んだ。

その後、ランチ会にいた全員から、絶対に80リットル以下がいいよ、と忠告されたにもかかわらず、私は95リットルのトランクを買ってしまった。どうせいつかバレるだろうと、新しいトランクの写真を友人たちに送ると、「こいつ95リットル買ってる!あんなに言ったのに!」「村田はいつかやると思った」といろんな人からお叱りを受けた。

しかし使ってみると95リットルのトランクはとても便利だった。100リットルはきっともっと大きくて何でも入るんだろうな……と心惹《ひ》かれる日々なのである。

(「ゆらゆら脳内散歩」二〇一九年六月号「小説推理」)

神秘の煙に焦がれて

最近、欲しいなあと思っているものがある。乳香と没薬《もつやく》である。

なぜ急にそんなものが欲しくなったのかというと、先日、ある方がお酒の席で、焚《た》いてみせてくださったのだ。そのとき私は、乳香も没薬もあまりよく知らなかった。古代エジプトの時代から、乳香は儀式に使われ、没薬はミイラ作りの防腐剤として使われてきたという。お香というのでお線香のようなものを想像していたが、実物を見ると、乳香は乳白色、没薬は赤褐色の小石のような見た目だった。それは樹脂だそうで、鼻を近づけてみても、それ自体からはそんなに強い匂いはしない。けれど、焚くと一粒でも部屋全体に香りが広まるという。

どうやって焚くのか想像できなかったが、その方は不思議な形の香炉(あとで調べるとマブハラというらしい)に小さな炭を置き、火がついた炭の上に乳香の欠片《かけら》を置いた。煙が出始め、あっという間に香りが広がってきた。

乳香は、その名前から、なんとなくミルキーな香りを想像していたが、そういうわけではなく、でも重くて強いというわけでもなく、なんとも形容し難い。没薬のほうはもう少し強さがある匂いで、懐かしい感じがした。ご厚意で、よかったら家でも試してみてくださいと、一式を貸してくださったので、部屋でも焚いてみた。煙がゆっくりのぼっていくのを見るだけで、神秘的な気持ちになる。あっという間に部屋全体に香りが広がり、けれど火を消すと数時間で消えてしまう。二回も体験させていただいたのに、どうしても忘れることができず、あの神秘的な煙のことばかり考えてる日々になった。自分でも一式を手に入れて何度も味わいたい、と願うようになってしまったのだ。

今日はこれから仕事だが、我慢できなくなったので、終わったらお店に探しに行ってみようと思う。すっかり魅せられてしまった自分が怖いが、でも、どうしてももう一度、あの異世界の煙の中に浸ってみたいのだ。

（「ゆらゆら脳内散歩」二〇一九年七月号「小説推理」）

情報を食べる女

食べ物や商品の、「説明」の部分に弱いことが、コンプレックスである。私はそんなに物の良しあしや味がわかるほうではない。大学生のとき、アルバイト先の男友達から、「村田さんは、あったかいものを何でも美味《おい》しいって感動するよね」と呆《あき》れたように言われ、「ほんとだ……」と納得してしまったくらい、グルメとは程遠い舌だ。

大人になって、友人と少しいいお店でご飯を食べたりする機会もある。けれど、自分が味の良しあしを本当にわかっているかというと、自信がない。お店の人にうやうやしく、「この野菜は○○農場から取り寄せた無農薬の野菜で、糖度が○○%もありまして……」などと説明されると、「ほんとだ！ お……美味しい……！」と感激してしまう。食べ物ではなく情報を味わっているのだと思う。

目上の方にワインをお贈りしよう、などというときも、さっぱりわからないので、「説明」の部分に頼るしかない。試飲させてもらっても「美味しい！」としか思わないのである。だから、「○○地方の貴重な葡萄《ぶどう》を使い……」などという説明を必死に読み、「なんとなく、凄そう……!」というものを選んでしまう。

結婚祝いやプレゼントなど、ほとんど「説明」に頼り切りである。タオルでもグラスでも、「職人が一つ一つ手作りで……」とか、「○○地方の珍しい素材を使って……」とか、それっぽいことを言われると、感動してそれに決めてしまう。

これではいつか詐欺師に騙《だま》されるのではないかと自分で心配になるので、きちんと自分の舌や目で判断できるようになりたいのだが、ミネラルウォーター一本ですら、「アンデス山脈の雪解けが……」などと言われると感動して買ってしまう。きちんと自分の舌で感じて、「あんなこと言ってたけど、そんなに美味しくないよね」と言える人に出会うとびっくりするし、憧れるのだが、なかなか自分ではそうなることができずにいるのだ。

（「ゆらゆら脳内散歩」二〇一九年八月号「小説推理」）

初めての人間ドック

生まれて初めて、人間ドックへ行ってきた。

というのは、昨年夏くらいから体調が不安定で、謎の吐き気に悩まされたり、ひどい眩暈《めまい》の症状があったり、「なんか……もう、全部検査しなよ!」と何人もの人からアドバイスを受けたからである。本当に具合が悪い時は通院していたので、最近になって体調も安定し、人間ドックへ行く元気が出たのだった。

元気になったから人間ドックへ行こう、というのもなんだか変な感じだが、全体的に見てくれる感じの日帰りコース(どれがいいのかわからず、結局幕の内弁当のような感じのものを選んだ)を申し込み、どきどきしながら人間ドックセンターへと向かった。

普段通院している病院の敷地内にあるセンターに申し込んだのだが、病院とは入り口が違い、中の様子も全く異なる。病気で来ているわけではないせいか、なんとなく雰囲気が明るい。多分同じ時間からのメンバーなんだろうな……という人たちが待合室に揃い、慣れている様子の人もいれば私のように初めてでおろおろしている人もいる。通訳の人が横についた、外国の方も何人かいた。よく考えたら確かに保険外なので、日本の人間ドックを体験してみよう、という旅行客もけっこういるのかもしれなかった。

私が一番気合いを入れていたのは胃カメラだった。苦しいとか、麻酔が気持ちいいとか、いろんな噂《うわさ》を聞くし、一番派手で、「人間ドックやってるぞ!」という感じがする。どきどきしていたのだが、胃カメラは時間がかかるせいか混雑しており、結局一番最後になった。感想としては、できればもう二度とやりたくないと思うくらい苦しかった。

人間ドックへ行き、健康への意識が変わった。それから毎日歩数計をつけ、一日四千歩を目標に歩いている。いくらなんでも目標が低いのではないか、と皆に言われるが、三十歩しか歩かない日もあった以前の自分に比べると、大きな進歩なのだ。

(「ゆらゆら脳内散歩」二〇一九年九月号「小説推理」)

旅をする理由

また旅から帰ってきた。そして、一か月もしないうちに、違う旅をすることになっているので、部屋の中にトランクが出しっぱなしになっている。

なんでそんなに旅をするのか、と聞かれることがある。海外の文芸フェスティバルから呼んでいただくと、お仕事関係の方々も、最初は応援してくれていた。けれど、だんだんと叱られてしまうようになってきた。一年に二回、三回、と旅をしていると、そんなことをしていないで、全部断って、日本できちんと小説を書け、というお叱りはもっともで、申し訳なく思っている。私は体力がないので、旅のあと寝込んでしまうことが多いし、海外で小説を書こうとしてもいろいろ忙しくてできない場合がほとんどなので、心苦しい。

けれど、呼ばれると、旅がしたくなる。英語はほとんど喋ることができず、成田空港が広すぎて迷ってしまうような頼りない自分なのに、なぜか、多少無理をしてもいいから、遠くの人と話がしたい、文学を通じた会話がしたい、と願ってしまうのだ。

少し前まで、私はイギリスのマンチェスターへ旅をしていた。マンチェスター・インターナショナル・フェスティバルの中のイベントの一つに参加し、いろいろな国の作家さんと交流した。交流といっても、英語がさっぱり頭に浮かばず、言葉に詰まって戸惑ってしまう。皆、私を笑わず、スマートフォンのグーグル翻訳を駆使したり、ゆっくり喋ってくれたりと、とてもやさしくしてくれた。他愛のない会話でもうれしかった。でも、私はもどかしかった。せっかく素晴らしい作家さんが目の前にいるのだから、もっと深い話がしたかった。

その「もどかしさ」を引きずって帰ってくるから、また遠くへ行きたくなるのかもしれない。次の旅では、もっと自分の核心に近い言葉で話したい。そう願いながら、トランクの中身を詰め替えている。

（「ゆらゆら脳内散歩」二〇一九年十月号「小説推理」）

ぬいぐるみ生活

ぬいぐるみの山田を飼い始めた。

きっかけは、仕事でいろいろなぬいぐるみの本を読んでいて、『愛されすぎたぬいぐるみたち』という一冊が特に気に入ったことだ。小説の資料のために、ハリネズミのぬいぐるみを二匹買っていたことを思い出した。それぞれ「田中」「山田」となんとなく呼んでおり、「山田」のほうを実家から家に持ってきた。

山田をベッドに寝かせ、写真をとって友人に送ると、「かわいい」「私のお母さんもぬいぐるみと旅行しているよ」と、とてもナチュラルな反応が返ってきた。友人のお母さんは、大人になってからぬいぐるみが好きになり、今は一緒に過ごしているという。

そのほかのほとんどの友人からの反応は、「ツッコミ」だった。「やばい」「こわい」「さやかまじで狂ってる」それは予想通りのリアクションだった。けれどゆっくり説明すると、「僕も飼ってみようかなあ。手触りを確かめて飼いたいから、通販はやだなあ」だとか、「そういえば、インターネットで、海外の紳士は出張にテディベアをもっていって、ホテルで一緒に眠るって見たことがある」などと、違った反応を示してくれる人も、何人か（本当に数人だが）いた。

きっかけになった『愛されすぎたぬいぐるみたち』は、何十年も愛されてぼろぼろになったぬいぐるみの写真とエピソードを集めた本だ。冒頭では、子供から反応があると思っていた呼びかけに多くの大人から反応があったこと、大人の多くが今でもぬいぐるみを大事にしていることが述べられていた。笑う人が沢山いる一方で、ひそやかにぬいぐるみを愛している人もたくさんいるのかもしれない。

今、山田は私のベッドサイドにちょこんと座っている。山田は小さいので一緒に寝ることはないが、目が合うとくすぐったい気持ちになる。ぬいぐるみとの生活も悪くない、と思えるのだ。

（「ゆらゆら脳内散歩」二〇一九年十一月号「小説推理」）

山田依存症

ぬいぐるみの山田の存在が、私の中でどんどん大きくなってきている。

小さいハリネズミのぬいぐるみである山田をかわいがりすぎて、部屋の中ですぐ行方不明になるので、大きい山田も買ってしまった。大きい山田は来たばかりのころは内気で心を閉ざしていたが、今は小さい山田とも打ち解け、二匹並んで仲睦《むつ》まじくごろごろしている。

山田のことが好きになりすぎて、家ではほぼ仕事ができなくなってしまった。今も、必死にパソコンに向かって仕事をしているが、ベッドの上で「こっちだよー」と山田が呼んでいる。あまりに仕事が進まず、山田に留守番をしてもらい部屋を出て、出版社さんに通いカンヅメをさせてもらったり、喫茶店をはしごしたりしながら執筆する日々である。

外にいても山田のことばかり考えている。酔っぱらうと「これが山田です」と山田の写真を見せたり、山田と同じ種類のぬいぐるみを飼っているインスタグラマーをフォローして写真を眺めたりしている。よその家の山田（山田という名前ではないが……）がギリシャを旅行したりプールで泳いだりしているのを見ると、うちの山田より幸せなのではないか？　山田の幸せとは何なのか？　と考えてしまい止まらなくなる。あまりに山田に依存しているので山田を失うのが怖くなり、「予備の山田を準備したほうがいいのではないか」と友達に相談した。コールドスリープしているという設定（？）にして、「山田に万が一のことがあったときのために、クローゼットの中に五匹くらい予備の山田を……。しかし、「それは本当にひどい」「山田も予備の山田も可哀想《かわいそう》」ととても叱られ、反省した。もし山田が増えても、次の山田は「長谷川《はせがわ》」という名前にし、別人格として扱おうと思っている。

狂気の日記のようになってしまったが、山田の存在は私を支えてくれている。十年後、二十年後、山田と私がどうなっているか、今から楽しみなのだ。

（「ゆらゆら脳内散歩」二〇一九年十二月号「小説推理」）

世界を食べ始めた日

そういえば、自分は誰かに誘われて旅をしたことしかないと、飛行機の中で気が付いた。昨年、二〇一八年の十月、私は大切な旅をした。今までと違うのは、私に旅をしないか、と声をかけてきたのは人間ではなく、自分自身の小説だということだった。私の小説は、私が旅をするより前に異国へ到着していた。私には読めない言葉に生まれ変わって、日本とは違うカバーに身を包んで書店に並んでいると教えてもらい、写真も見たが、なんだか夢の中の出来事のようだった。この目で確かめてみたくて、自分の小説を追いかける形で、旅をすることを決めたのだった。

十月六日の朝の飛行機で、私はイギリスへと旅立った。まずはチェルトナム文学祭に参加する予定だった。十月末にトロント国際作家祭への参加もすでに決めていた私は、自分の体力では無理なのではないかと悩んでいたが、国際交流基金の方からあたたかいメールを頂戴し、この旅を決めた。あまりに旅慣れていない私を心配して、英語が堪能な編集者さんがついてきてくださった。いろいろな方に甘えてしまい申し訳なかったが、飛行機が日本の地面から浮かび上がると、自分の決断は間違っていなかった、という気持ちになった。

私はほとんど英語を喋ることができず、方向感覚もない。そのため、私の旅はいつもテレポートだ。何か凄い乗り物に乗って、何時間かその中でじっと我慢する。そうすると、いつの間にか自分が「遠く」に移動している。自分が暮らしている街とどれくらい離れている場所なのか、正確に理解できないまま、外に出て「遠く」を動き回る。地球儀をいくら眺めても、その感覚はぬぐえなかった。

十二時間以上かけて、「遠く」のヒースロー空港につくと、日本とは違った匂いがした。「雨ですね」編集者さんが呟《つぶや》いた。日本とは違う空気が、体の中に入ってくる。

私たちは、空港から車でチェルトナムへと向かった。チェルトナム文学祭は、英国で最も古い文学祭で、街をあげてのお祭りだそうだ。どんな人たちがどんな物語について語り合っているのだろうかと、車の中で妄想が膨らんだ。

チェルトナムに着き、『コンビニ人間』を英訳してくださった竹森ジニーさんと合流した。ジニーさんがいなければ、文学祭に集まった人たちは私の書いた物語を読むこともできず、「日本語」という不思議な言語を、図形として眺めることしかできなかったのだ。そう思うと、ジニーさんが魔法使いのように思えた。こうして一緒にイギリスにいられることが、とてつもなく嬉しかった。

その夜はぐっすりと眠り、翌日は二時に目が覚めた。いよいよ自分が登壇する日だった。ホテルのすぐそばにあるチェルトナム文学祭の会場には、カラフルなテントやオブジェが並び、想像していたよりずっと色彩にあふれて賑《にぎ》やかだった。たくさんの人がフェスティバルを訪れており、小さな子供たちも嬉《うれ》しそうに走り回っていた。

登壇者が集まるライターズルームのテントに入ると、その中にもたくさんの人がいた。イベントに参加する作家さんや翻訳家さん、通訳さんや司会を務める方々、いろいろな人たちが集まって、何か話をしている。笑っている人もいれば、真剣な表情の人もいる。当然飛び交うのは英語で、私にはほとんど意味がわからなかった。

普段、日本に閉じこもっている私は、その場所にいるだけで内側がかき混ぜられた。何らかの形で小説に関わっている人が集まっている。そんな中で、自分が自由に喋ることができない言葉が飛び交っている。刺激的で、たまらなくもどかしかった。彼らがどんな物語に関わっている人で、体の中にどんな言葉が眠っているのか、知りたくてしょうがないのに、言葉が出ない。

私の作品を読んでくれた人に声をかけられ、英語で私に感想をくれた。意味はわからないが、表情やジェスチャーからそのことが読み取れる。そばにいた通訳の女性が、目の前の人物がどんな言葉を私に伝えていたのか、日本語に訳して教えてくれる。私は感謝を日本語で述べる。二種類の音が行き交う。同じ生き物なのに、違う音で鳴いている。同じ意味の文章が、異なる言語で再生され、繰り返される。海外にいるのだから当たり前のことなのに、そのことに異常に揺さぶられた。言葉が変わっても確かに交換される、形のない「意味」そのものが、不思議なほど純度を増して、目に見えない美しい魂になった。その純粋な魂は、ずっしりと私の体の中に入ってきた。

チェルトナム文学祭では、二つのイベントに登壇した。一つ目のイベントでは日本の文学について、ジニーさんとポリーさん、二人の翻訳家の女性と共に話した。二つ目のイベントでは、ジニーさんと一緒に、『コンビニ人間』を中心に、自分の小説や創作について語った。

お客さんはあたたかい人ばかりで、トークの後の質問からも文学に対する愛情が伝わってきた。特に最初のイベントでは、翻訳家を目指している人からの質問がいくつかあり、印象的だった。生まれて初めて、英訳された自分の本にサインもした。アルファベットにするべきか悩んだが、結局、日本でするのと同じように、日本語で「村田沙耶香」と書き、落款を押した。「そのスタンプはなに？」とたくさんの人に聞かれ、自分でもよく意味がわからず押していたと気が付いた。しどろもどろになりながらなんとか説明したが、後で調べたら全部間違っていた。

自分の出番が終わったあとは、フェスティバルを見て回った。本屋さんの入ったテントにはぎっしり本が並び、日本と違って帯がなく、佇《たたず》まいも違って見えて、見て回るだけで楽しかった。日本人の本もあったが、ほとんどが、日本語ではまだ読めない、日本語訳がまだ出版されていない本だった（と思う）。一冊、何か買いたいと思い、どうやら日本の辞世の句を集めたらしい、『Japanese Death Poems』という本を買ってみた。これなら読めるかもしれないと思ったからだが、ホテルに帰ってページを捲《めく》ると思ったより難しかった。けれど、トランクに一冊、この場所で買った本を入れることができたことが嬉しかった。

翌日はロンドンへ移動し、本屋さんの「Foyles」でイベントをした。イギリス版を出版してくれた、Granta の編集者さんたちも来てくださり、初めて直接会うことができた。ずっと会いたいと思っていたので、とても幸福だった。

ジニーさんと一緒に、朗読を少しと、作品や創作、翻訳について話をした。ここでもお客さんはとてもあたたかく、そして熱心だった。文学祭でさんざん緊張したせいか、少しリラックスして話すことができた。トークイベントはセッションだと思っている。雰囲気や相手、話の流れによって、思いがけない言葉がどんどん飛び出す。このイベントでも、おそらくここでしか出ない言葉が、自分の中から転がり出た。

お客さんの多くが『コンビニ人間』を読んできてくれていて、そのことにとても感激した。チェルトナムからずっと思っていたが、海外のイベントではみな、登壇者は脚を組んでリラックスした雰囲気で語り合っている、気がする。そのほうが親密な空気になり、深い話ができるような気がして、私も真似《まね》をして脚を組んでみようかと思ったが、うまくできず、結局、膝をそろえて背筋を伸ばし、日本にいるときと同じ姿勢でしゃべっていた。

皆が、古倉恵子という主人公を、まるで友達のように、ケイコ、ケイコ、と呼んでくれた。ケイコはどうしてこう感じたの？　ケイコはこのときどう思ったの？　日本では彼女を、「主人公」とか、「古倉さん」と呼ぶ人が多いので新鮮だった。私もだんだん、ケイコが自分の友達のような気持ちになっていた。自分が喋った言葉が、素晴らしい通訳の女性の力で、きらきらと輝いて飛んでいく。自分が発したときよりも純度を増して、何倍もきれいに光っている感じがした。

後日、通訳の女性と再会したときに彼女は覚えていなかったので、正確ではないかもしれないが、私はこの時、彼女が私の言葉を、「Keiko is everyone」と通訳してくれたと記憶している。すべての人の中にケイコはいる、私はどこかでこう思っていたし、この言葉に出会いたかったのだと、はっとさせられた。

トークのあとはまたサインをした。自分ではハローとサンキューしか言えなかったが、通訳の女性がずっと横について会話を手伝ってくれた。日本に興味があるお客さんが多く、日本語はわからないけれどひらがなでサインをしてほしい、という人や、大学で日本語を勉強していて、これからあなたの本にトライします、という人もいた。トークの中で、以前私が書いた、三人で恋愛をする世界が舞台の「トリプル」という短編の話をしたのだが、「私はあなたが書いたお話のように、三人で恋をしています」とほほ笑んでくれた方もいた。

小説家として旅をするのは初めてだったので、何もかも大切で、忘れることができない。小説家としての体験を終えたあと、編集さんとロンドンを楽しんだが、寝る前になると、「小説家」として海外で出会ったたくさんの体験がよみがえってきた。子供のころ、初めて小説を書いたときの気持ちの高ぶりを思い出した。あの日と、この日が、繋《つな》がっているのだと思うと、恥ずかしいことだが子供時代の気持ちに戻ってしまい、こっそり泣いていた。時差ぼけは最後まで治らず、二時に目が覚め、外をぼんやり眺めていた。

私は全身で、新しく出会った世界を食べていた。これまで何度も旅をしたが、そんなふうに感じたのは生まれて初めてのことだった。三十八年間「日本」という世界を食べ続けていた私に、変化が始まっていた。新しい言葉が、体験が、どんどん体の中に入ってきて、違う生き物に変容していく。そのことに戸惑ってもいたが、とてつもなく心地よく、感動的だった。

旅を終えたあとも、全身で食べたあのときの「世界」は、体の中に今も残っている。私はこのあとすぐにカナダとアメリカに飛び、忘れられない宝物のような経験をした。今年に入って再びイギリスへ行き、大切な言葉をたくさん交わした。そして、これを書き終えたあとも二つの旅を控えている。私はこれからも出会った世界を食べ続ける。その始まりになったこの旅を、私は一生忘れることはないのだと思う。この旅の中で自分の体の中に発生した言葉が、今も私の中で蠢《うごめ》いている。これからの旅で自分が更にどんな風に変容していくのか、今からとても楽しみにしている。

(二〇一九年六月号　国際交流基金ウェブマガジン「をちこち」)

モーリス・ユトリロ様

前文お許しください。あなたの絵に恋をしたのは、高校生のときでした。私は美術部で油絵を習い始めたところでした。

あなたの名前だけは知っていました。小説で読んだことがあったのです。興味があって、私は同じ部活の友達と連れ立って、東京の美術館に、あなたの絵を見に行きました。

あなたの絵は、これまでに見たどの絵とも違う感覚を私に与えてくれました。それは私の教会だったのです。(実際にそれは教会の絵でしたが、そういう意味ではなく。)私は、少し異常に思えるくらいの安らぎを覚えました。あなたの作った複雑な色彩を何十分も眺めて、友達を困らせました。

私は、あなたの「白」の中に、闇が見えたり、微《かす》かな色彩が絡み合ったり、一部分だけ発光して見えたりするのに、特に夢中になりました。私は、あなたの絵を見ると、いつも何かを祈っている気持ちになります。自分の精神世界の、いちばん大切な部分に、雪が降っているような、そんな奇妙な気持ちになります。何時間でも見ていたくなるので、あなたの絵を見るときは、ひとりで行くようになりました。

あなたの人生について調べて、苦しい気持ちになりました。どうしても、モンマルトルに行きたいと願うようになりました。大学を卒業して少ししたころ、家族で旅行をすることになりました。それは格安のツアー旅行でしたが、パリで少しだけ自由時間があり、私は我儘《わがまま》を言って、モンマルトルへ行きました。サクレ・クール寺院を訪れ、路地を歩き、あなたがどんなふうに、この街に存在していたのか、必死に想像しました。どんな眼差《まなざ》しで、どんな体温で、どんな匂いがしたのか、時間いっぱい歩き回っても、あなたの断片を摑《つか》むことはできませんでした。

少し前まで、世界でいちばん好きな場所はどこですか、と聞かれたとき、いつもモンマルトルです、と答えていました。けれど、いつまでもあなたを追いかけていては、呆れられてしまう気がして、いまは違う場所を答えるようになりました。

本当は、あなたの絵の前こそ、私の人生でいちばん好きな場所なのかもしれない。あなたの色彩を見つめるとき、私は、いまも、自分の精神の中のいちばん深い場所で、ただ立ち尽くすことができます。言語がない場所です。そこにいるとき、私は、いちばんあなたのそばにいるように感じています。かしこ。

村田沙耶香

（「作家が綴る、憧れの人へのラブレター。」二〇二〇年七月号「madame FIGARO japon」）

文學界と蟹

「福井に蟹《かに》を食べに行きませんか」

そう文學界の担当編集のQさんから誘われたのは、いつだっただろう。ふとそう思って調べてみると、二〇一六年の二月のことだった。

古い手帳と照らし合わせると、そのころは小説の執筆の佳境の時期だったはずで、過去の自分もメッセージに最初は「今は集中して小説を書かなくてはと考えまして……」と真面目なお返事をしている。しかし数日後には「蟹に頬ずりしたいです」と書いており、すっかり行く気になっている様子だった。

私はどうもこういうことが多い。私自身ももちろん蟹は好きだが、一人で福井まで食べに行くほどかというと、そういうわけではない。私自身が興味があることはかなり限定されていて、他者がいない世界でそこに閉じこもっていると、同じ感覚、同じ言葉、同じ出来事の繰り返しになってしまう。だから、誰かを通じて違う世界を摂取したいといつも思っている。Qさんは、私を新しい世界へととても自然に連れて行ってくれる、とても好きな「扉」だと思える人の一人だった。

Qさんとの出会いも、「村田さん、競馬に行きませんか」と急にパーティーで声をかけられたのが始まりだった。そのときはQさんは別の部署におり、仕事とは関係なく、好きなものに誘ってくださった。「好きなもの」はその人の世界で、そこへ連れていかれるのは楽しい、と強烈に思ったのもそれが初めてだったかもしれない。

Qさんと、大の蟹好きの小説家のAさんと、私という三人で、福井に泊まることで話が纏《まと》まった。

「バス・トイレなしの和室だと三万、バス・トイレ付きの和室だと四万という、無体な値段設定になっています」

Qさんからこうメッセージが届き、相談の結果、トイレは付いていたほうがいいのでは……という意見により、四万円の蟹の旅をすることになった。

電車とバスを乗り継いで到着したのは、民宿というよりは誰かのお家《うち》にお邪魔しているような雰囲気の、居心地のよい宿だった。猫がたくさんいて、廊下の奥の小さなスペースでは、近所の人たちが数人集まり、お酒を飲みながら楽しそうにお喋りをしていた。

印象的なのは、蟹の撮影だった。

蟹とカメラを持って宿の人が近づいてきたとき、あ、記念撮影だ、きっと旅の記念に、蟹と一緒に三人で写真を撮られるのだろうな、と思った。しかし、すぐに自意識過剰だと気が付いた。宿の人は蟹の写真を撮り、「さあ、どうぞ」と私たちにも蟹を撮影させてくれた。

この宿の主役は、旅人ではなく蟹なのだ。よく考えれば、これから食べられる蟹と、捕食する側の人間が賑やかに写真を撮るなんておかしなことで、蟹の気持ちになってみれば宿の人が正しいのは明らかだった。

蟹の遺影を撮ったあと、順番にお風呂に入っているうちに、すぐに食事の時間になった。さっき写真を撮った蟹が、すっかり調理されて現れた。宿の人はうれしそうに、

「この蟹はすごいよ！　東京で食べたら四万円はするよ！」

と言って教えてくれた。私たちは「わー、すごい」「やったー！」と喜んでみせた。蟹に対して最大限喜んで見せるのが、これから食べられる蟹への最大の礼儀であるような気がした。

その蟹は、人生で一、二を争うくらい美味しかった。けれど部屋に戻ったとき、Aさんが、ずっと言うのを我慢していたという様子で、「東京で食べたら四万円の蟹……」と呟いた。蟹を食べるためだけに、福井まで四万円の旅をしてたどり着いた蟹

が、東京で食べると四万円だという。一体この旅に意味はあったのだろうか、としばらく話し合った。

編集者のQさんはスマートフォンで蟹の通信販売のページを懸命に検索し、

「見てください、この蟹、さっきのとそっくりです！　買うとこんなにする蟹が、四万円、絶対にお得です！」

と必死に説明してくれた。

出歩いても何もなく真っ暗なので、ぼんやりとテレビの天気予報を見ていると突然、

「なお、明日は強風のため電車は動きません」というナレーションが聞こえた。まさかと思ったが、調べてみると本当にそうらしい。

どうしよう、帰れるのだろうか、と私は焦ってしまったが、Qさんは落ちついた様子で、

「私、マニキュアを塗ります」

といった。

「明日、午前中いさせてもらえないか聞いてみましょう。たぶん、電車が動くまで暇だと思うので、今しかない、って思いました」

Qさんが鞄《かばん》から取り出したマニキュアは、深紅だった。真っ赤に塗られていく爪を

見ながら、きっと、この旅のことを忘れないだろうなあ、と思った。奇妙だけれど愛《いと》おしい夜だった。翌日、風が止《や》んで宿を出るときにもらった蟹の写真は、どこかへ行ってしまった。けれど、蟹とQさんの爪の鮮明な赤色の記憶は、今も私の中にじんわりと残っている。

（「文學界と私」二〇二一年二月号「文學界」）

解説
矢部太郎
村田沙耶香さんの脳世界を
大切に覗かせて頂きました
村田さんの小説を大好きで読んできた僕には登場してくるお話が
たとえばスーパーの本屋さんは『しろいろの街の、その骨の体温の』の街にありそうとか
ぬいぐるみの「わん太」とのエピソードは『地球星人』に出てくる
売れ残っていたぬいぐるみのピュートにつながっているのかなとか
ピュート
この脳から作品が生まれたのですね
ヒヒヒ
といった楽しみもあるのですが…
それ以上に村田さんの脳世界そのものが魅力に溢れていました
ここは
どこ？
いつも村田さんの小説を読むと頭の中の当たり前や常識が
すっぽり外されて別のものが入ってくる感覚になるのですが
この本を読むともしかしたら村田さんの脳の中には
そもそも常識がない？のかもしれないとも思いました
ない！
常識

だから1メートルの
クリオネを見たり
谷村くんが
ふたりいたり
右側を応援したり
僕のいる脳世界から
遠ければ遠いほど
村田さんの脳世界は
奇妙で面白く
そして愛おしく
思えるのです
そんな脳を隅々まで
観察して描いている
村田さんは
他の人の脳も
覗いてみたい
と言います
「同じ場所を歩いている
隣の人も、その隣の人も、
自分で作り上げた
異世界で暮らしている」
なんて楽しく
豊かなのでしょう
村田さんの脳世界に
「こそそめスープ」が
あるように
こそそめスープ
僕の脳世界には
「てへんの猫」がいます
ニャー

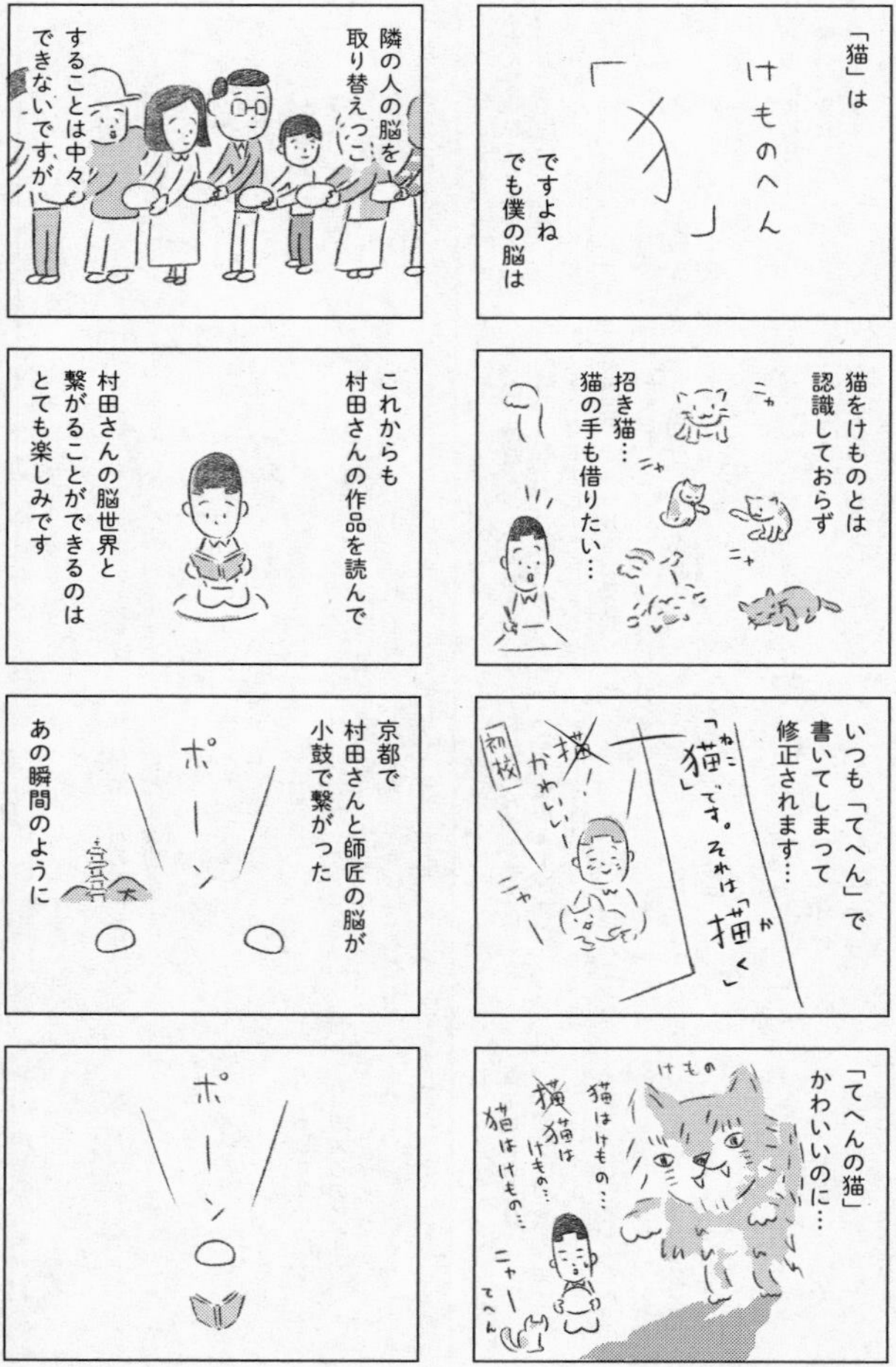

「猫」は
けものへん
「犭」
ですよね
でも僕の脳は
猫をけものとは
認識しておらず
ニャ
招き猫…
猫の手も借りたい…
ニャ
ニャ
いつも「てへん」で
書いてしまって
修正されます…
「猫《ねこ》です。それは「描《が》く」」
初校
猫かわいい!
ニャ
「てへんの猫」
かわいいのに…
けもの
猫はけもの…
猫は
けもの…
猫はけもの…
ニャー
てへん
隣の人の脳を
取り替えっこ
することは中々
できないですが
これからも
村田さんの作品を読んで
村田さんの脳世界と
繋がることができるのは
とても楽しみです
京都で
村田さんと師匠の脳が
小鼓で繋がった
あの瞬間のように
ポーン
ポーン

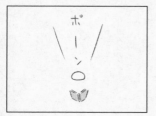

となりの脳世界《のうせかい》　朝日文庫

2021年11月30日　第1刷発行

著　者　村田沙耶香《むらたさやか》

発行者　三 宮 博 信
発行所　朝日新聞出版
〒104-8011　東京都中央区築地5-3-2
電話　03-5541-8832(編集)
03-5540-7793(販売)

印刷製本　大日本印刷株式会社

Published in Japan by Asahi Shimbun Publications Inc.
定価はカバーに表示してあります

ISBN978-4-02-265018-4

松浦　理英子
犬身（上）
《読売文学賞受賞作》

幼い頃から「犬になりたい」と切望する主人公が、理想の飼い主と出会う。そして謎の男との契約により、魂と引き換えに仔犬として生まれ変わる。

松浦　理英子
犬身（下）
《読売文学賞受賞作》

オスの仔犬になった主人公は、愛する飼い主のために「最悪の家族」と対決するのだった。さまよえる犬の魂は何処へ行くのか？《解説・蓮實重彥》

西　加奈子
ふくわらい
《河合隼雄物語賞受賞作》

不器用にしか生きられない編集者の鳴木戸定は、自分を包み込む愛すべき世界に気づいていく。第一回河合隼雄物語賞受賞作。《解説・上橋菜穂子》

今村　夏子
星の子
《野間文芸新人賞受賞作》

病弱だったちひろを救いたい一心で、両親は「あやしい宗教」にのめり込み、少しずつ家族のかたちを歪めていく……。《巻末対談・小川洋子》

綿矢　りさ
私をくいとめて

黒田みつ子、もうすぐ三三歳。「おひとりさま」生活を満喫していたが、あの人が現れ、なぜか気持ちが揺らいでしまう。《解説・金原ひとみ》

金原　ひとみ
クラウドガール

刹那的な美しい妹と規律正しく聡明な姉。姉妹にしか分からない、濃密な共感と狂おしいほどの反感が招く衝撃のラストとは？《解説・綿矢りさ》

朝日文庫

乙一／中田永一／山白朝子／越前魔太郎／安達寛高
幻夢コレクション
メアリー・スーを殺して
「もうわすれたの？　きみが私を殺したんじゃないか」　せつなくも美しく妖しい。読む者を夢の異空間へと誘う、異色〝ひとり〟アンソロジー。

窪　美澄
クラウドクラスターを愛する方法
「母親に優しくできない自分に、母親になる資格はあるのだろうか」。家族になることの困難と希望を描くみずみずしい傑作。《解説・タナダユキ》

津村　記久子
ウエストウイング
会社員と小学生――見知らぬ三人が雑居ビルで物々交換から交流を始める。停滞気味の日々にさしこむ光を温かく描く長編小説。《解説・松浦寿輝》

獅子　文六
おばあさん
このひとには家族中誰も敵わない！　昭和初頭のある中流家族を巡る騒動を、江戸っ子で明治生まれのしたたかな女性の視点で軽やかに描く。

獅子　文六
信子
上京し、女学校に赴任したタフで無鉄砲な新米教師・信子。初めての東京生活、校長と教頭の勢力争い…。漱石へのオマージュ、女版『坊っちゃん』！

篠田　節子
ブラックボックス
健康のために食べている野菜があなたの不調の原因だとしたら？　徹底した取材と第一級のサスペンスで「食」の闇を描く超大作。《解説・江上　剛》

朝日文庫

中島たい子
院内カフェ

さまざまな思いを抱えて一息つけるやすらぎの場所、病院内カフェを舞台にふた組の中年夫婦の心と身体と病を描く。《解説・中江有里》

中島京子
女中譚

九〇過ぎのばあさんは「アキバ」のメイド喫茶に通い、元女中の若き日々を思い出す。昭和初期を舞台にしたびっくり女中小説。《解説・江南亜美子》

中島京子
ゴースト

洋館に出没する少女、二〇世紀を生き抜いたミシン、廃墟化した台湾人留学生寮……。ユーモラスで温かく切ない七つの幽霊連作集。《解説・東直子》

川上未映子
おめかしの引力

「おめかし」をめぐる失敗や憧れにまつわる魅力満載のエッセイ集。単行本時より一〇〇ページ増量！《特別インタビュー・江南亜美子》

片岡義男
豆大福と珈琲

息子を連れて地元に戻ってきた幼なじみの女性と、「結婚」をしないまま新しい「家族」のかたちを探っていく表題作など五編。《解説・柚木麻子》

萩尾望都
一瞬と永遠と

人生の意味、雪の情景、忘れ得ぬ編集者、手塚治虫ら様々な表現作品への思い――。独特の感性と深い思索に圧倒されるエッセイ集。《解説・穂村弘》